COLLECTION FOLIO

François-Marie Banier

Les résidences secondaires
ou
La vie distraite

Gallimard

à Jacques Grange.

Monsieur Pélissier venait tous les samedis passer le dimanche à Héricy. Une heure douze par le rail, changement de train à Melun, de l'autre côté du quai. Comme tous les dimanches matin, Pélissier sortait avant la messe faire ses courses.

Dans la rue, tout le monde le regardait. Il était habillé « campagne », une vieille veste à chevrons sur un col roulé, un pantalon de velours, de grosses chaussures. Il ne saluait personne, personne ne le saluait. Des clins d'yeux, des petits signes, parfois une onomatopée. Il avait à la main deux grands paniers qu'il remplissait avec précaution chez les quelques commerçants de la rue Émile-Berthereau.

Dubois était épicier, sa femme aussi. Dubois se levait tôt le matin, se couchait tard le soir, déjeunait vite à midi. « Une vraie vie de Parisien, pas ? Monsieur Pélissier. » Pélissier hochait la tête, souriait presque et repartait de même. Yves Pélissier n'était pas un monsieur tranquille et à Héricy, on n'aime pas les gens torturés. « Ils ont toujours quelque chose qui ne va pas, ils nous communiquent leur angoisse et rien ne marche bien droit quand on n'est plus sûr de soi », pensait Madame Largillier, la femme du charcutier. Lui, Pélissier, à Héricy, se sentait bien.

Il rapporta ses provisions, mit le couvert et se prépara pour aller à la messe. La maison de Pélissier, place du Marché, n'était pas dénuée de charme. Sans prétention, plantée gentiment entre deux jardins, elle était séparée de la rue par un grand portail qu'on repeignait une fois l'an, dans un vert tilleul, très anglais. Le premier jardin n'était qu'un tapis de gravier ratissé consciencieusement, soit par Pélissier lui-même, soit par le jardinier qui venait la semaine. Par-ci par-là, quelques bosquets d'arbrisseaux aux feuilles excentriques égayaient cet endroit que Régine, la femme de ménage, appelait la cour. Le deuxième jardin était pour Pélissier ce qu'un salon était aux cocottes : il y recevait, il s'y détendait, il oubliait tout dans un paysage qu'il avait lui-même composé avec sagesse et fantaisie. Une large pelouse, ourlée d'une étroite plate-bande, plantée d'une agréable diversité de fleurs, surplombée de pommiers en cordon, conduisait au jardin potager.

Dix heures moins le quart. Pélissier monta dans sa chambre pour se changer. Il se dépêcha pour ne pas rater la messe, c'était la dernière de la matinée et il faisait trop beau pour aller à celle de six heures du soir, à Fontainebleau.

La chambre de Pélissier tenait plus du bureau que

de la chambre à coucher. Certes, on y trouvait un vaste lit que recouvrait une grosse couverture brune matelassée, mais il y avait par terre, sur son secrétaire, sur la commode, tant de livres, de piles de journaux, de cartes régionales, d'ustensiles en tout genre que l'on aurait pu penser que Pélissier avait voulu mettre de l'ordre dans ses placards vidés d'un seul coup, au hasard. Il en était ainsi depuis des années, le désordre augmentant au fur et à mesure des dimanches. Seule Régine avait le droit d'essuyer la poussière, de laver le linge et de faire le lit. C'était l'unique endroit de la maison où il était chez lui. Trois chambres : une pour sa sœur Suzanne, les deux autres pour des amis. Simples, propres, nettes, elles n'avaient pas d'histoires. Les meubles étaient comme ses costumes, « campagne », sans être pour autant « rustique ». Il n'aimait pas. Les objets, les tableaux, les assiettes avaient été achetés chez les antiquaires de la région, ou dans des ventes, le reste provenait d'héritages divers.

A l'entrée comme à la sortie de la messe, Pélissier n'aimait pas bavarder ; il rentrait vite chez lui pour s'occuper du jardin, de la maison et quelquefois de lui-même. De Vrie, le curé d'Héricy, n'avait pas pour Pélissier une particulière affection ; ils se saluaient au moment de la quête, et c'était tout. Aucune visite au presbytère, aucune confession. En revanche, Madame

Jocelyne (on ne lui connaissait pas d'autre nom, ni d'autre occupation) prenait le train tous les mardis matin pour Héricy et passait la journée chez Monsieur le Curé. Comme Monsieur le Curé, elle était hollandaise, elle n'avait pourtant aucun lien de parenté avec lui. Dès son arrivée, Madame Jocelyne assistait à la messe, communiait et, après avoir passé la journée au presbytère, on la revoyait le soir au confessionnal. Pourquoi jamais le matin ? On jasait à Héricy. Le mardi soir, tantôt elle repartait, tantôt elle restait coucher à la communale. En haut, il y avait des chambres. Le mardi, jour de Madame Jocelyne, personne d'autre qu'elle n'était admis chez Monsieur le Curé. Pas même le jardinier pour les tulipes. Ordre de ne pas déranger. Un jour, Monseigneur l'Évêque de Meaux vint pour confirmer. C'était un dimanche. Le curé le reçut, fort aimablement, mais tout en gardant son petit accent. Exprès. L'évêque fut séduit par son curé, on ne sait pourquoi.

« Rappelez-moi votre nom...

— De Vrie.

— Vous serez chanoine. »

De Vrie s'inclina. L'évêque le releva et la fanfare, qui répétait non loin de là, rejoua pour la treizième fois *l'Hymne royal néerlandais.*

L'évêque repartit dans la soirée avec un sourire aux lèvres et un début d'arthrite, mais content tout de même de son futur chanoine. Il revint le surlendemain, jour de Madame Jocelyne. Blanche, la servante, n'ouvrit pas la porte. Par la fenêtre de la salle à manger, elle cria : « Monsieur le Curé est occupé jusqu'à ce soir, revenez demain. » L'évêque, furieux, regagna Meaux et envoya une lettre virulente à son curé qui fit une réponse circonstanciée sur un ton très hollandais. Depuis cet incident, au cours duquel De Vrie faillit devenir chanoine, tout Héricy le respecta. L'histoire fut racontée et commentée dans le diocèse entier.

Ceux qui taxaient Pélissier d'indifférence, ou de mépris, se trompaient bien. Pélissier était timide, timide à Héricy. A Paris, ce n'était pas pareil : il avait une situation, une famille ; ici, qui pouvait deviner ce qu'avait été la mère de Pélissier ? Qui ? Yvette Durand-Pélissier, une femme pas très grande, avait reçu, dans son hôtel de la rue de Vaugirard, toute l'intelligentsia de l'époque, une certaine aristocratie et pour finir une bourgeoisie encore plus sûre. Non, Pélissier c'était autre chose que la petite maison croulant sous le chèvrefeuille, place du Marché. Il avait su vivre, ce monsieur. Quand sa mère s'était décidée à mourir, Pélissier ferma son cœur et son hôtel pour se réfugier chez Marie-Thérèse Le Murier qui l'avait invité, pour se consoler, chez elle. C'est dans cette maison d'Héricy, tout près de la Seine, qu'auraient pu se rencontrer, s'ils avaient vécu simultanément, François Ier et Napoléon. L'Histoire en ayant décidé autrement, Marie-Thérèse les mettait sans complexe dans le même lit, expliquant tout, jusqu'à leurs différentes positions sous le baldaquin, comme si elle les avait vus dormir. A ceux qui ergotaient parce qu'ils en doutaient, elle répondait d'un ton sans réplique, et comme pour en finir, à la fois avec humour et agacement : « Après tout, je sais mieux que personne ce qui se passe dans mon lit. »

On pouvait croire, sans toutefois le lui reprocher, que Marie-Thérèse, n'ayant jamais eu une vie très palpitante, s'inventait une légende pour faire bien. Sa maison, elle, n'en avait pas besoin. Elle dégageait tant de charme ; elle avait une respiration si profonde et si propre que celui qui y pénétrait, même s'il y était habitué, s'y sentait à la fois intrus et étranger. Ce n'était pas le cas de Pélissier dont le visage, la manière d'être, la démarche, s'inscrivaient parfaitement dans cet ensemble désuet et sensible.

Dans cette ambiance presque morne, Pélissier s'amusait beaucoup avec Marie-Thérèse Le Murier. Elle voyait tout et commentait tout. Elle recevait de temps en temps des amies, Madame Dorival, Marguerite Solto, et parfois même sa cousine Élisabeth, la femme d'Albert Le Murier. Pélissier n'intervenait pas souvent dans les conversations, il préférait les tête-à-tête avec Marie-Thérèse. Mademoiselle Le Murier descendait en droite ligne du grand peintre de la société du Second Empire, Arsène Le Murier (né à Genève en 1849, mort à Saint-Pétersbourg en 1918 ou 1919 (?)) ; elle n'en était pas mécontente. Pélissier, lui, n'ayant aucune ascendance particulière, aurait pu s'inventer des parentés célèbres, mais ce n'était pas son genre. Discret et prévenant, c'était pour Marie-Thérèse une merveilleuse compagnie que ce Monsieur

Pélissier dont on disait, chez le cousin Albert Le Murier, le plus grand mal.

Pélissier n'était pas reçu chez les Le Murier et s'en flattait. Quand Madame Dorival lui en parlait, il susurrait, levant les yeux au ciel : « Il y aurait beaucoup à dire sur les Le Murier. » Madame Dorival, femme au grand cœur, très excentrique mais sympathique, répliquait avec bon sens et simplicité : « Nous ne sommes pas ici pour nous bagarrer. » Ce n'était pas l'opinion de Georges, son mari, qui n'avait aucune envie de passer ses week-ends à se faire marcher sur les pieds par quelques nouveaux riches sans éducation. Ce en quoi Pélissier lui donnait raison, ce dont Dorival se moquait éperdument. Au bout du compte c'étaient bel et bien les enfants qui souffraient le plus de cet état de choses. Si cette guérilla les amusait parfois, elle n'occupait pas tous leurs loisirs et, comme ils étaient obligés de suivre la politique de leurs parents, ils ne fréquentaient pas facilement, ni très longtemps, les familles adverses chez lesquelles ils auraient pourtant trouvé des amis de leur âge, et, à peu de chose près, du même milieu.

L'arrivée des Klopeck à Héricy ne fut pas pour améliorer la situation. En s'installant juste à côté de chez les Dorival, Klopeck devint pour eux un sujet de préoccupation majeure. Klopeck n'était pas sympathique à tous. Pélissier avait remarqué sa manière de donner son obole au curé, sur le parvis de l'église, de préférence à la sortie de la grand-messe. Se retournant vers sa sœur, il lui disait immanquablement : « M'as-tu vu ce parvenu ? » d'un air si dégoûté que Suzanne lui répondait chaque fois comme si elle avait tout compris : « Il doit préparer quelque chose. » Cette générosité, trop ostentatoire pour être pieuse, avait pour unique objet de s'attirer l'amitié du curé. De Vrie, toujours Hollandais, empochait, pensant avec délectation au prochain vitrail qu'il s'offrirait, vraisemblablement pour Pâques.

C'est à ce moment indéterminé, que Klopeck décida de faire de grosses réparations dans sa maison. La surélévation du mur mitoyen d'au moins quatre-vingts centimètres, sans aucune autorisation de son voisin Monsieur Dorival, entraîna la prise de bec entre les deux familles que tout le monde redoutait. Klopeck ne broncha pas lorsque Dorival le traita devant sa femme de « malotru » et de « grossier personnage ». Il encaissa les mots avec juste ce petit sourire de masque que seules savent prendre les personnes tristes et qu'ont parfois aussi les faibles ou les médiocres, qui espèrent se donner ainsi une quelconque supériorité.

Ce qui acheva Dorival, au comble de l'exaspération, ce fut la phrase de Klopeck : « Si ce mur est à nous deux, tant mieux pour vous. Il est plus haut et il ne vous en a rien coûté, vous devriez me remercier, car je ne vous demande pas de participer aux frais. Et puis si vous n'êtes pas content, voyez mes entrepreneurs : tout cela ne me regarde pas. » Sans vouloir écouter la réponse de Dorival, Klopeck partit, entraînant sa femme qui avait adopté pendant toute cette querelle une attitude indifférente.

Madame Klopeck, d'aspect sévère, aurait pu passer pour une femme bien élevée si elle avait su sourire. Sèche, les cheveux tirés en arrière, le regard acide, on sentait chez elle une dureté, une fierté et une telle énergie que la présence d'une femme si franche étonnait aux côtés de ce monsieur adipeux et grossier qu'elle suivait avec l'éternelle fidélité d'un reproche ambulant.

Le dimanche suivant, le toit de la maison Dorival découvert par endroits stupéfia son propriétaire. Il s'aperçut bientôt que ses tuiles avaient servi à terminer de couvrir le toit de son illustre voisin. Klopeck, rencontré dans la rue, répéta, content de la formule de la semaine précédente : « Voyez mon entrepreneur. » Il ajouta, se croyant subtil à l'extrême, et pour faire drôle : « Je ne suis pas maçon. »

Dorival n'insista pas et porta plainte. Il y eut procès sur procès, ce qui passionna chaque fois Héricy.

Chacun prenait parti. Dorival tenait bon, Klopeck riait fort. Au bout de dix ans, Dorival eut raison de Klopeck et reçut une somme si ridicule que sa femme lui dit, profitant de l'histoire pour en tirer la leçon : « Tu vois, cela ne valait pas la peine de se fâcher avec tout le monde pour huit cents francs. »

Éliane Dorival, l'extravagante Madame Dorival, avait épousé un mari sage et consciencieux. De ses propres mains, il s'était assuré une place fort honorable. Respecté de tous, il lui en avait coûté. Tout ce qu'il avait obtenu, réussi, il ne le devait qu'à lui-même. C'est ainsi que les notions d'argent, d'honnêteté et de sérieux étaient bien définies et primaient pour lui sur toutes autres. C'est à partir de cela, qu'il avait fondé sa morale, ses critères et son jugement. Éliane Dorival avait eu une tout autre éducation. Son père, joueur invétéré, l'avait habituée à une vie très différente. Sans aucune sécurité, mais sans nul besoin, elle avait connu l'exaltation que procure la possession subite de gros capitaux. Sa mère, distraite et sereine, ne s'occupait pas beaucoup de sa fille qui, sérieuse d'aspect et en réalité, connaissait déjà les dangers du monde. Dédaignant l'égoïsme et la stupidité de son père, elle préférait fréquenter les amis de ce dernier, vieux messieurs pleins de charme et d'esprit, auprès desquels elle aimait à s'attarder. C'était une autre époque, un grand écart entre sa vie d'alors et d'aujourd'hui. Elle avait eu des bijoux partout d'un coup, et puis soudain plus rien du tout. Elle avait roulé dans ces voitures carrossées pour femmes géantes à troupeaux de lévriers afghans beige et blanc.

Elle avait connu la Côte d'Azur au temps béni où elle était infestée si heureusement de ces Anglais au goût si parfait. C'était aussi une autre mode, on regardait les femmes, les femmes se regardaient. Des-femmes-miroirs, des-femmes-glaces, des-femmes-pour-salons-de-thé-rue-de-Rivoli, des-femmes-pour-concours-d'élégance-parc-Monceau, des-femmes-objets-très-chers.

Elle avait rencontré Dorival et l'avait épousé : ils se méritaient. Il aimait sa femme sans la tromper, et assurait à sa famille une vie fort confortable. Un appartement à Paris, une maison à la campagne, des vacances à l'étranger, des cours particuliers tout au long de l'année. Sans parler des domestiques, des vêtements, des distractions, tout un train de vie. Cela représentait pour Dorival beaucoup d'efforts, autant de privations, mais il avait le sens du devoir et s'y tenait. En échange, il ne demandait pas grand-chose : juste sa tranquillité et un peu de paix le samedi et le dimanche. C'était le seul moment de la semaine où il voulait rester sourd aux doléances de sa belle-mère, espérant ne plus entendre parler ni des œuvres de sa chère épouse ni des mauvaises notes de ses enfants. Il avait travaillé, il méritait mieux que des jérémiades. Dorival aimait son jardin, la chasse, le cheval et les livres. Rester chez lui. Ailleurs, il s'ennuyait. Les visites de Marie-Thérèse Le Murier ou de Pélissier l'assommaient. Il les supportait à cause de sa femme, car celle-ci ne prenait pas un plaisir particulier à venir dans cette maison, aussi jolie fût-elle, pour rallumer une chaudière capricieuse qui ne chauffait pas également tous les étages. De plus, la femme de ménage tenait, elle aussi, à son dimanche et les domestiques parisiens n'aimant pas la campagne, c'était à Madame Dorival de faire la cuisine et de mettre le couvert. Elle n'avait pas un goût particulier pour ces travaux ménagers. Elle aurait préféré rester à Paris, avec ses vrais amis, plutôt que de bavarder avec la cousine de Mademoiselle Le Murier, en faisant la queue chez l'épicier. Son dévouement n'avait cependant rien de forcé, et bien que Dorival n'aimât pas recevoir, sa maison n'en était pas moins accueillante.

Élisabeth Le Murier détestait Héricy mais tenait bougrement à son mari. Albert, comme Pélissier, avait été entraîné dans cette campagne par la cousine Marie-Thérèse. Il avait acheté la maison qu'elle lui avait indiquée, attenante à la sienne. La maison des Le Murier était longue, basse, riche, elle en imposait. Un immense jardin ovale, une piscine, des chevaux. Le Murier, dans les transports, avait bien réussi. Élisabeth, que l'on appelait plus communément Bébette, ressemblait à une grosse bougie. Flasque, brune, négligée, elle se promenait d'un bout à l'autre de sa maison, passant d'une pièce à l'autre en commentant tout pour elle-même, à voix basse. Elle marmonnait sans cesse de petites remarques aigres-douces auxquelles personne ne prêtait attention. « Tiens, ils croient que mes pots de fleurs vont leur servir de cendrier » ; puis elle prenait son hortensia et montait l'enfermer dans sa chambre. Là, elle passait de longs moments à la fenêtre, épiant son mari, ses enfants et les nombreux amis venus passer l'après-midi. « Cette fille se fait peloter, c'est une honte. » Complexée par sa taille — elle avait toujours été très forte — à chaque fois qu'une femme sortait de la pièce où elle se trouvait, elle ne manquait jamais de demander avec une fausse ingénuité : « Est-ce que je rêve ou est-ce qu'elle a grossi ? » A partir d'elle, tout l'intéressait, ou plutôt elle se mêlait de tout, agaçant son monde.

Les trois filles Le Murier n'avaient aucun complexe. Christine, l'aînée et la plus littéraire de la famille, ne s'ennuyait jamais. Jolie, fraîche, elle aimait

Thierry Dorival qui avait un an de moins qu'elle. On ne voyait jamais sa sœur cadette, Béatrice, qui vivait en Angleterre pour de mystérieuses raisons sur lesquelles personne ne s'attardait. Quant à la troisième, Nathalie, elle était le grand souci de ceux qui se voulaient amis des Le Murier. Disons qu'elle n'était pas très sage. Consciente des efforts de sa mère pour retenir son mari, et de la difficulté qu'il avait, lui, à s'échapper, elle profitait de cette conjoncture pas très heureuse pour jouir d'une quasi-totale-liberté.

La beauté de Thierry Dorival était incontestable. Grand, les cheveux blonds, la tête haute, on lisait dans son regard une grande fierté d'avoir vingt ans. Il s'aimait à la folie, il aimait sa sensualité, ses lèvres, son ombre, sa voix, ses effets, la solitude, les autres, l'espagnol, le zoo de Vincennes, les impressionnistes, le cinéma, la musique. Il ne comprenait pas la haine, la guerre, la politique, les impôts, les professeurs, le hasard, sa famille, le feu. Il avait envie de silence, d'amis, de solitude, des autres, de soleil, d'eau. Il aurait voulu se regarder, lire, voir, se retourner, recommencer. Thierry avait vécu secrètement, sans rien dire à personne. Malgré son exubérance, il n'était pas lui-même : il jouait une comédie, une comédie à personnages multiples, pour lui. Le secret désir, le perpétuel désir. Aimait-il en retour Christine Le Murier ? Il était sensible à la régularité de ses traits, à son grain de peau, à sa clarté. Avant elle et en même temps, d'autres sources de plaisir s'étaient offertes à lui. Toutes sortes d'impressions physiques ou morales l'émouvaient ; rien ne lui échappait. Il lui arrivait même de les provoquer. Tout jeune, il aimait à se déguiser. Avec des amis, il montait au grenier et puisait dans de vieilles malles des costumes trop grands qu'ils ajustaient eux-mêmes. Dans cette ambiance poussiéreuse et nostalgique, à l'odeur de moisi se mêlait le plaisir de surprendre une forme, un peu de chair entre les pans d'une chemise nouée sur les hanches, de toucher ne serait-ce qu'un instant, et par hasard, un muscle dessiné par l'effort. Cela provoquait en lui des sentiments forts, des passions qui le faisaient rêver, selon lui, à la vie. Il n'y voyait rien d'anormal. L'état dans lequel le plongeaient ces émotions, plus ou moins conscientes, pouvait durer des mois. Thierry rêvait à un être qu'il ne reverrait jamais et regrettait alors de ne pas avoir saisi l'instant, de ne pas avoir dit : « Je ne sais pas ce que j'ai, mais je vous aime. » Souvent, il remerciait le ciel de n'avoir rien formulé de ses pensées car s'il revoyait par hasard le sujet convoité, il frémissait de dégoût et d'horreur. Parfois aussi cette nouvelle rencontre le rendait encore plus malheureux de n'avoir pas assouvi son désir.

Son frère, Olivier, n'avait rien de remarquable dans la physionomie. Il ne ressemblait pas à Thierry auquel il ne parlait jamais. Olivier avait grandi en silence, n'espérant que des bonnes notes en récompense d'un travail acharné. Désigné par son père, et par ses propres dispositions, Olivier prendrait la succession d'agent de change ; cette perspective ne le faisait pas exulter de joie, mais elle le rassurait.

Olivier ne joua aucun rôle spécial, ni dans sa

famille, ni au lycée, ni à Héricy. Il y venait comme beaucoup d'autres, parce qu'il fallait bien passer le samedi et le dimanche quelque part. Il invitait un ami et passait sa journée, accroupi dans le garage, à construire un avion en contre-plaqué, auquel il mettrait plus tard une hélice et un petit moteur pour le téléguider et le faire voler dans le parc du château.

Le château était habité par Marguerite et Tony Solto, riches propriétaires terriens et constructeurs de voitures automobiles. Comme Pélissier, comme Albert Le Murier, comme les Dorival, c'était Marie-Thérèse Le Murier qui avait attiré Marguerite. Elle lui avait fait visiter le « château », les communs du « château », le parc du « château », le tennis du « château », en insistant sur les moindres détails, comme si elle en eût été elle-même la châtelaine. Quand elle prononçait le mot « château », qui devait avoir pour elle une signification presque magique, elle ouvrait béatement la bouche comme un poisson qui va mordre l'hameçon et faisait retomber ses lèvres en accent circonflexe, d'un seul coup, en claquant la langue sur le « teau » final. « Château ! »

Marguerite Solto n'avait dans la vie que deux amies : Jeanne Carré, une Anglaise à la jambe raide et aux cheveux teints, et Marie-Thérèse Le Murier. Marguerite, qui n'était pas vraiment paresseuse, refusait de s'attarder aux détails de la vie. Elle avait laissé diriger son destin par ces deux toupies pour lesquelles son affection n'avait plus de bornes. Jeanne l'avait mariée à Tony Solto, et Marie-Thérèse l'avait introduite dans la petite société d'Héricy en lui faisant acheter le château.

Tony n'avait qu'un fils, Alexandre, qui, penché à longueur de journée sur des livres scolaires, trouva un ami en la personne un peu falote d'Olivier Dorival. Leur manière d'aller de la crémerie à la boulangerie avec cet air de demi-supériorité qu'ont seuls les sous-officiers, prêtait à sourire. Ils lisaient Marx, ils y croyaient et n'en étaient pas peu fiers.

Marguerite n'aimait pas beaucoup son fils, qu'elle ne tarda pas à mettre en pension non loin de son argent, du côté de Lausanne. Pélissier désapprouvait fort l'attitude des Solto envers cet enfant qu'il surestimait. Alexandre ne méritait pas autant d'attentions de la part de Pélissier, ni de Marie-Thérèse Le Murier, qui croyait devoir aller en Suisse tous les mois pour lui rendre visite. Les voyages de Marie-Thérèse agaçaient tout le monde. Alexandre était obligé de lui raconter sa vie, et Tony Solto, aux frais de qui se faisaient ces périples, ne voyait pas ce qui poussait une vieille fille à s'occuper de ce fils dont il était fier malgré tout.

Un jour que Pélissier accompagnait Marie-Thérèse Le Murier à la gare, car ils se voyaient aussi à Paris, celle-ci lui demanda : « Pourquoi ne viendriez-vous pas avec moi ? » Pélissier qui s'attendait à tout sauf à une telle proposition, lui répondit ex abrupto :

« Mais que croirait-on ? » Le rire de Marie-Thérèse le fit réfléchir ; le train parti, il se demanda longtemps pourquoi elle lui avait proposé de l'accompagner.

Marie-Thérèse, quand elle fut seule dans son compartiment, resta un moment pantoise. Le « mais que croirait-on » avait remis les choses définitivement à leur place et elle ne voyait pas comment regagner l'amitié de Pélissier, puisqu'elle avait sans doute perdu son estime.

Quant à Pélissier, si troublé qu'il en avait oublié sa voiture, il rentra chez lui à pied en longeant la Seine. Il marchait à pas lents, s'arrêtant parfois comme pour interroger cette eau glauque et trouble. C'est ainsi que lui revint en mémoire une conversation qu'il avait eue avec Marie-Thérèse Le Murier, le dimanche précédent. Comme il était tard et qu'ils étaient seuls sur les berges de cette même eau, elle lui avait parlé lentement sur un ton monocorde qui lui était inhabituel.

En aval du barrage, le courant était plus fort, il faisait presque nuit. Le fermier avait déjà mené ses chevaux à l'abreuvoir ; les pêcheurs avaient tiré leur barque ; l'Angélus avait sonné depuis longtemps. Pélissier n'aimait pas ce genre de situation ni ce genre de confidences qui obligent à prendre parti et à se démasquer. Il s'était laissé mener comme un enfant. Il était trop tard pour faire dévier Marie-Thérèse, lancée sur sa vie. Elle lui faisait l'aveu d'une pénible solitude qu'elle voulait combler, et l'interrogeait sur la sienne. Il regrettait à présent sa lâcheté d'alors. Il lui avait dit qu'il avait aussi besoin d'une compagne, alors qu'il n'avait soif que d'aventures. Il avait évoqué le bonheur d'une ancienne liaison ; il mentait. Marie-Thérèse avait essayé d'en apprendre plus long sur la personne qui avait partagé la vie de Pélissier, mais elle n'avait rien pu savoir. Pélissier était resté dans le vague, non pas pour se donner plus d'importance par un certain mystère, mais peut-être bien par lâcheté. Il ne voulait rien révéler de sa vie, il ne voulait ni justifier, ni expliquer ses penchants. Il préférait se taire. Il est certaines relations que les femmes ne peuvent pas comprendre, leur orgueil même, leur essence, leur nature, les opposent farouchement à l'acceptation d'un échec virtuel. Pour décourager le silence de Pélissier, Marie-Thérèse s'était littéralement confessée. Elle avait parlé de son enfance entre les mains d'une tante tyrannique qui ne lui parlait que de sexualité. A douze ans, elle l'avait vue faire l'amour avec la femme de chambre et le jardinier. A quinze ans, elle était passée entre les mains du même jardinier. A dix-huit ans, elle avait été caressée abusivement par les sœurs visitandines de Montereau chez qui on l'avait mise en pension. A vingt ans, elle avait dû se faire avorter en secret, et depuis lors elle avait traversé plusieurs crises. Mystique pendant des années, elle s'était vouée à saint Antoine de Padoue, pour lequel elle avait aménagé une grotte au fond du jardin ; elle y faisait brûler des cierges. Certes, Marie-Thérèse n'avait pas tout dit à Pélissier. Il était exagéré d'assurer qu'elle avait « fait des choses » avec son chien, mais son cousin Albert n'était pas mécontent d'en faire courir le bruit. Ce qui était certain, c'est que Marie-Thérèse avait de sérieux problèmes. Certains soirs, elle montait dans sa chambre, tirait les rideaux, allumait des bougies, fermait toutes les portes à clef, mettait un disque de Verdi sur un vieux gramophone, se maquillait comme une fille du Lido n'aurait jamais osé le faire, ouvrait son lit, se déshabillait et se contorsionnait nue devant une glace sans tain, uniquement parée de bijoux anciens que lui avait légués sa tante abusive.

La conscience de Pélissier le tourmentait à tel point qu'il ne put trouver le sommeil. Étendu sur son lit, blafard, il gesticulait sans cesse comme un enfant surpris en flagrant délit de péché mortel. La nuit était noire, les cafés devaient avoir fermé leurs portes, mais Pélissier décida de sortir pour calmer des angoisses.

Il erra un long moment, hagard, les yeux écarquillés, la lèvre frémissante. Certains noctambules, non sans attrait, le croisèrent et portèrent sur lui des regards auxquels il ne prêta aucune attention, il était trop préoccupé par le « mais que croirait-on » qui revenait sans cesse.

Il ressentait comme une gêne. Il n'avait jamais pensé à Marie-Thérèse. Elle s'était trahie ; elle l'aimait. Depuis des années, il avait été là, à sa merci, deux jours par semaine, parfois davantage lorsqu'ils restaient à Héricy pour les vacances. A portée de sa main, des heures durant, et elle n'avait jamais rien dit, elle ne lui avait jamais rien touché de son amour immodéré. Il l'avait blessée. Il avait tout rompu, tout brisé, et rien n'avait commencé. Pélissier s'en voulait atrocement. Il avait beau calculer, supposer, se demander ce que Marie-Thérèse pouvait bien croire, il se retrouvait au même point : quelques petits mots anodins sur un quai de gare avaient changé leurs relations. Cette intime complicité lorsqu'ils se parlaient dans le long jardin de Marie-Thérèse, les petites attentions de l'un envers l'autre, leurs façons de s'écouter, de se répondre, de se faire des surprises, et puis tout ce qu'il y avait entre eux : le 17ᵉ et le 21ᵉ concerto pour piano et orchestre de Mozart, la peinture de Ghiglion Green, de Valls, leur horreur du sport, leurs lectures, leurs échanges constants de livres qu'ils s'annotaient mutuellement. Non, Pélissier ne pouvait pas se résoudre à rester sur le « mais que croirait-on », lui qui ne s'était jamais beaucoup préoccupé du « qu'en-dira-t-on ».

A l'issue d'un mea culpa exagéré, Pélissier prit des résolutions. Non sans anxiété, il décida qu'il ferait revenir Marie-Thérèse à de meilleurs sentiments, même s'il devait lui en coûter l'effort de lui faire peut-être un peu la cour. Cette attitude lui permettrait de retrouver Marie-Thérèse telle qu'il l'aimait, installée à la fois dans le confort moral d'une profonde amitié et soutenue par le désir de ne pas le décevoir en maintenant leurs rapports à un même degré.

Pélissier ne s'était jamais avoué à personne, ni à lui-même. Certes il aimait l'aventure rapide, le coup d'œil et la réalisation immédiate du désir, mais il se rassurait en pensant qu'il pourrait toujours se rattraper, se reprendre au dernier moment. L'idée que sa vie était déjà décidée, et qu'il serait toujours ce qu'il était, lui paraissait insupportable. Sa volonté farouche d'être un nouveau lui-même à chaque instant l'aliénait et le désespérait à la fois.

Arrivé chez lui, Pélissier, apaisé par sa promenade, ordonna ses mouvements comme un automate efficace et précis. Il téléphona à son amie en Suisse pour qu'on la prévînt qu'il l'avait appelée. Le concierge voulait lui passer Marie-Thérèse, mais Pélissier, terrorisé à l'idée de lui parler, prétexta qu'il était trop tard pour la déranger. Il insista cependant pour que l'on portât à la connaissance de Mademoiselle Le Murier « que Monsieur Pélissier avait essayé de la joindre ».

Le lendemain matin, Marie-Thérèse apprit que Pélissier l'avait appelée de Paris et que la communication ne lui avait pas été transmise ; folle de rage et de joie, elle fit porter aussitôt un mot au directeur de l'hôtel.

Celui-ci convoqua le concierge et le mit à la porte sur-le-champ, sans aucune explication. Pour apaiser sa cliente, il envoya à Mademoiselle Le Murier une lettre de cinq pages qu'il accompagna lui-même d'une très belle corbeille de fruits. Marie-Thérèse, qui avait joint Pélissier entre-temps, avait totalement oublié l'incident qu'elle avait provoqué. Elle fut tout sourire et ravie de la corbeille qu'elle comptait offrir à Pélissier en signe de réconciliation. Elle en conclut que dans la vie « ça sert de rouspéter, on obtient toujours quelque chose en échange ».

Pélissier, ne voulant pas être seul à la gare pour aller chercher Marie-Thérèse Le Murier, demanda à un ami de l'accompagner. Charles-Félix était le seul ami que l'on voyait avec Pélissier, Marie-Thérèse appréciait sa conversation intarissable, et son éducation cosmopolite. Pour ces deux raisons, elle l'avait incorporé à la fois à Héricy et chez les Solto, dont il était devenu l'homme d'affaires. Roux, les yeux bleus, le visage presque blanc, bien qu'Italien de naissance et de manières, il aurait pu passer pour Anglais. Outre les affaires qu'il traitait pour Solto, il avait des passions qui le faisaient recevoir tous les dimanches, soit chez les Dorival, soit chez Marie-Thérèse Le Murier, soit chez Pélissier. Il allait même chez les Klopeck, ce qui faisait dire à Dorival : « Il irait n'importe où pourvu que l'on y dîne. »

Charles-Félix Dell'Aquila savait à merveille goûter les charmes d'Héricy, il aurait aimé profiter de ceux de Marguerite Solto mais elle n'avait d'yeux que pour Thierry Dorival. Cependant, Charles-Félix avait d'autres objectifs : il faisait aussi la cour à Madame Dorival, à la plus jeune des filles Le Murier, Nathalie, à la fille du pharmacien, une personne peu sérieuse, bien que très convenable.

Pour Charles-Félix, Pélissier n'avait pas de secrets mais il connaissait moins bien Marie-Thérèse. Lorsque son ami lui apprit les événements des derniers jours et son cas de conscience, Dell'Aquila lui dit simplement avec franchise : « Ça te coûtera ce que ça te coûtera mais il faudra bien que tu t'y décides. »

Charles-Félix était à l'aise partout. Heureux ? Non. Il était passé à côté de trop de choses pour y parvenir : il n'avait su ni appliquer ses dons, ni en profiter ; une paresse paralysante. Il employait ses talents à défendre exclusivement les causes perdues : la chouannerie, la guerre de Sécession, sur laquelle il était imbattable, la Commune de Paris qu'il connaissait par cœur. Pendant des heures, il parlait à Dorival de Monsieur de Charette, de Stonewall Jackson ou du général Dombrowsky. Il avait des idées fixes. Seuls Pélissier et Dorival appréciaient sa verve lorsqu'il défendait les minorités d'Europe centrale. Non pas que la géopolitique balkanique les passionnât particulièrement mais eux seuls comprenaient que Dell'Aquila avait raté sa vie en tournant le dos à une carrière diplomatique. Ils prenaient en lui ce qu'il avait de meilleur, et laissaient le reste aux autres ; le poker par exemple. Charles-Félix savait bien manipuler les cartes et on aimait à taper le carton chez les Le Murier le samedi après-midi.

On comprendra que Marie-Thérèse n'appréciât pas son voyage en Suisse.

Le dimanche qui suivit le retour de Mademoiselle Le Murier marqua dans l'histoire d'Héricy. Pélissier n'ouvrit pas sa maison place du Marché : il resta cloîtré chez Marie-Thérèse, qui, pour mieux profiter de lui, ne fit et n'accepta aucune visite. Charles-Félix, chez les Dorival, fut la vedette. C'était lui qui avait convoyé les « tourtereaux » ; que savait-il ? Tout, mais il ne voulut rien dire. Son silence était d'une habileté extrême. Trop curieux lui-même, il n'était pas à l'ordinaire d'une parfaite discrétion. Mais les choses étaient graves, il préférait se taire. Il ne voulait pas prendre le risque de se fâcher avec qui que ce fût.

Si Pélissier et Marie-Thérèse étaient la risée des Le Murier, des Dorival et des Klopeck, Marguerite Solto, ulcérée de ne pas avoir été prévenue « de la chose » par sa meilleure amie, attendait son heure pour en savoir davantage et réservait son jugement. Tony, son mari, haussait les épaules.

Le silence de Charles-Félix lui valut l'admiration de tous ceux qui disaient de lui : « C'est son côté Sciences-Politiques, il sait se taire. » Il resta ainsi en bonnes relations avec Pélissier, qu'il aimait bien malgré tout, et avec Marie-Thérèse, qui lui avait procuré un toit et une situation.

Chez le cousin Albert, on ne voyait pas du tout les choses du même œil. Marie-Thérèse était capable d'épouser Pélissier et la maison de Napoléon allait leur passer sous le nez. Elle avait toujours dit : « Albert, si je meurs, comme je suis seule, ma maison sera pour toi. Tu abattras le mur et ton jardin plus le mien feront un grand parc. Sauf mon filleul que je n'aime pas, je n'ai que toi et tes trois filles pour famille. Tu n'as pas de garçon, il n'y aura plus de Le Murier, mais il y aura toujours une grande maison, elle est pour toi. » Elle répétait cette phrase depuis des années, et si Albert répondait invariablement : « Tu nous enterreras tous », il n'oubliait pas d'ajouter : « Mais puisque tu prends tes précautions, et tu as raison, on ne sait jamais ce qu'il peut nous arriver, tu es gentille de penser à moi ; moi aussi je pense à toi. » Comme elle risquait de devenir une Durant-Pélissier on comprendra que si la nouvelle étonnait Héricy, elle consternait les Le Murier.

Madame Largillier, la charcutière avec qui Charles-Félix s'entretenait souvent du pays, lui demanda : « Mais dans la voiture, ils n'étaient pas côte à côte, vous ne pouvez pas dire qu'ils ont fait quelque chose, si ? » Dubois, plus libéral, expliquait à sa femme que « tout le monde a le droit de tout faire ». L'épicier avait tout prévu. Il était seul, elle était seule, ils se tournaient souvent autour, alors « c'est pas étonnant que ce soit arrivé ». Il ajoutait avec regret : « Dommage qu'ils n'y aient pas pensé plus tôt, on aurait eu des dragées. » De Vrie fit un sermon qui mit en colère Le Murier lorsqu'on le lui rapporta. La paille et la poutre, il n'y croyait pas. « Moi je vous assure que Pélissier, ça ne doit pas être le Pérou. » Élisabeth Le Murier n'appréciait pas la grossièreté bonhomme de son mari, elle était agrégée de latin et bien qu'elle ne se fût jamais servie de son diplôme, ses prétentions littéraires ne lui permettaient pas de tolérer la moindre liberté de langage.

Généralement, lorsque Le Murier faisait des réflexions sur un ami ou un parent, Élisabeth prenait systématiquement le contre-pied de son mari sur un ton doctoral, en commençant invariablement ses phrases par : « En réalité, Albert, c'est l'inverse. »

Elle dissertait alors à l'infini, soutenant la thèse contraire avec une mauvaise foi qui n'intéressait que Charles-Félix Dell'Aquila, toujours prêt à donner courtoisement la réplique à Madame Le Murier. Ils restaient ainsi des après-midi entiers, seuls ou devant des amis, à s'écouter eux-mêmes avec passion, recherchant à mesure que s'écoulaient leurs propos d'autres sources de conversations.

Son café avalé, Albert sortait, heureux d'échapper à ce qu'il ne pouvait éviter les jours de pluie. Entraînant avec lui un ami, s'il ne montait pas à cheval, il s'occupait alors de sa propriété. Mais ce jour-là, Albert Le Murier ne sortit pas de chez lui, pensant que Marie-Thérèse viendrait l'y voir, comme tous les dimanches et qu'il pourrait ainsi lui parler. Il attendit en vain. Marie-Thérèse ne bougea pas de chez elle. Le soir venu, Le Murier qui n'allait jamais chez sa cousine, décida de lui rendre visite.

Élisabeth jugea inopportun le déplacement de son mari. « C'est lui donner trop d'importance. » Moins impulsive que lui, elle était assise dans le jardin, préférant attendre les nouvelles « plutôt que d'aller courir pour ne rien rapporter ».

Élisabeth n'avait pas tort. Comme d'habitude, Le Murier, n'écoutant que lui-même, fit une visite à Marie-Thérèse. Mademoiselle Le Murier, qui craignait, on ne sait pourquoi, son cousin, le reçut avec une arrogance et un étonnement qu'elle ne cacha point. Elle souriait, triomphant de le voir aimable avec Pélissier à qui Albert n'avait pas dit deux mots en dix ans. Le Murier, mal à l'aise, se voulut familier. Il fit semblant de porter un grand intérêt à l'intérieur de sa cousine et lui proposa même de lui prêter un manœuvre qui travaillait alors chez lui pour refaire la peinture du salon et le dallage de la cuisine.

Les propositions de Le Murier avaient pour but de prouver à Pélissier qu'il avait son mot à dire chez Mademoiselle Le Murier tout en montrant à celle-ci que le cousin Albert était toujours là en cas de difficultés.

Marie-Thérèse n'ignorait pas les intentions de sa famille et répondit avec une ferme douceur : « Jusqu'à présent j'ai assumé toute seule les réparations de ma maison, il m'en a coûté, mais je continuerai seule ! »

Pendant les vacances, elle louait sa maison. Elle allait alors soit chez Marguerite Solto, soit à Saint-Jean-de-Luz, à moins qu'elle ne se réservât une chambre chez elle, avec une entrée et une petite cuisine indépendantes. Elle s'était organisée de façon à ne dépendre de personne, tout en conservant ce qu'elle chérissait le plus au monde, sa maison d'Héricy.

Chez elle s'étaient succédé plusieurs familles, les Dorival avant qu'ils achetassent leur villa, les Geolosa, riche famille de gynécologues bordelais, les Coty, et bien d'autres. Elle n'avait pas besoin de son cousin. « Je ne suis jamais venue te chercher. N'oublie pas que si tu es ici, c'est grâce à moi, c'est moi qui t'ai fait acheter ta maison, tu pourrais me remercier. C'est un placement. » Marie-Thérèse avait décidé qu'elle ne supporterait plus l'autorité d'Albert à son égard. Après la guerre, quand elle avait eu des difficultés d'argent, alors qu'il avait hérité, grâce à elle, il n'avait fait aucun effort pour l'aider. Marie-Thérèse avait soigné sa tante qui lui avait toujours dit : « Tu hériteras seulement de mes bijoux, mais le reste ira à un Le Murier. » Marie-Thérèse avait ainsi dirigé le testament sur son cousin plutôt que sur son propre frère qui avait « largement de quoi vivre ».

A présent, elle regrettait son geste. Un an après la mort de sa tante, elle avait perdu son frère, victime fortuite d'une émeute, imprévisible, place de la Concorde ; elle était sa légataire universelle.

Albert l'avait oublié, mais Marie-Thérèse lui rappelait de temps à autre la cause de sa fortune subite. Albert souriait, feignant une reconnaissance éternelle.

L'attitude de Pélissier fut qualifiée par Le Murier durant le dîner qu'il prit en tête à tête avec sa femme d'« énigmatique ». Il avait parlé « affaires » et avait fait mine de s'intéresser aux « Transports Le Murier ». « Je suis bien content que ça marche, vous savez en ce moment ce n'est pas brillant partout, il faut se serrer les coudes. » Le Murier raconta tout à Élisabeth avec la fidélité d'un mari comblé. Bébette, les coudes sur la table, regardait son potage avec fixité. Albert, lui, ajoutait des petits faits, des détails pour mieux analyser la situation, n'oubliant pas le sourire narquois de Marie-Thérèse à la phrase de Pélissier : « Il faut se serrer les coudes. »

Le Murier n'avait plus que cette devise à chaque

objection d'Élisabeth qui voulait cerner le problème de plus près. « Il faut se serrer les coudes. »

Dès qu'Albert Le Murier eut franchi la porte, Marie-Thérèse se tourna vers Pélissier et lui dit, prenant sa main : « Ils ont peur de moi à cause de la maison. Pour eux je ne suis que quatre pierres empilées sur un bout de terrain. » Elle avait l'air ému : Pélissier lui serra la main. Marie-Thérèse se rapprocha davantage et sourit. Pélissier l'embrassa : il ne pouvait faire autrement. Elle lui dit simplement merci.

Marie-Thérèse, la tête sur l'épaule de Pélissier, tous deux assis sur le canapé vert, dos au piano, n'osaient pas reprendre la conversation que cette scène avait interrompue. Que disaient-ils, du reste ? Pas grand-chose. Marie-Thérèse, en silence, entraîna Pélissier dans la chambre de François Ier. Elle l'embrassa de nouveau, ils se déshabillèrent, il ne faisait pas froid, ils firent l'amour. Ce fut pénible, mais c'était juste.

Marie-Thérèse regardait Pélissier dormir, elle lui parlait : son sommeil était trop profond pour qu'il entendît quoi que ce fût. Elle le voyait là, nu, à côté d'elle qui avait pudiquement revêtu une sorte de chemise de nuit. Quand elle s'endormit, elle ne rêva point : ce n'était plus la peine.

La maison de la place du Marché ne s'ouvrit plus que pour Suzanne Pélissier, qui revint chercher le peu d'affaires qu'elle y avait laissées. Pélissier prêta sa maison à Charles-Félix qui mena une vie presque gaie. Il ne savait pas recevoir, mais cela ne l'empêcha pas d'y accueillir beaucoup de gens de Paris.

Pendant de longs mois on ne vit Pélissier qu'avec Mademoiselle Le Murier. La famille de Marie-Thérèse, jugeant cette liaison scandaleuse, ferma sa maison à celle qui la leur avait fait acquérir à bas prix. Les Dorival, les Solto, et Charles-Félix n'avaient en revanche aucune raison d'éviter Pélissier, qui défraya une seconde fois la chronique locale en faisant paraître un livre intitulé *l'Homosexuel de Valence.*

Pélissier avait déjà publié plusieurs livres. Son *Essai de désacralisation de la reine Abeille* s'était peu vendu mais il avait fait grand bruit dans certains milieux autorisés ; *Le Nain aura sa revanche* avait fortement impressionné le monde médical, et l'ouvrage, réédité tous les deux ans, obligeait Pélissier à revoir et à corriger certains chiffres. Sa pièce, *la Soif incompatible,* bien qu'elle n'eût jamais été jouée en France, était introuvable en librairie.

L'Homosexuel de Valence n'avait d'alléchant que le titre ; il s'agissait en réalité d'un traité sur la vie des termites dont voici le premier paragraphe : « A vrai dire, il n'y avait jamais eu d'homosexuel à Valence. Jamais ! Valence... Valence ? Valence ! Je ne connais pas Valence. Et quand bien même... De toute façon, la question n'est pas là, car au fond qui se souciera jamais de l'homosexuel de Valence. J'aurais pu... mais passons. »

Quelle ne fut pas la surprise des Le Murier, des Dorival, des Klopeck, des Solto, et de tout Héricy qui avalèrent le livre d'un trait, ne sautant aucune page, aucune description, n'oubliant ni les renvois ni les nota bene. Stupéfaits et stupides — bien que plus instruits — lorsqu'ils s'aperçurent que du premier mot du deuxième chapitre au dernier mot de la postface, Pélissier n'évoquait qu'un seul et unique problème, celui de la vie des termites, de ses origines à nos jours, ils eurent tous ce mot, en chœur bien que séparément, puisque chacun chez soi et Dieu pour tous : « Sacré Pélissier, il nous a eus. »

Cette fois-ci, Pélissier n'avait pas songé particulièrement à étonner, il voulait choquer. La thèse qu'il défendait durant 347 pages était presque insoutenable et se résumait dans cette phrase : « L'homme s'attaque au termite parce qu'il ne le connaît pas. » Cette constatation, après de longues études, avait déchiré le cœur de Pélissier. Il s'était lui-même un peu identifié au termite et si on se posait la question : « Pourquoi faisait-on la guerre à Pélissier ? » on se rendra compte que la réponse n'était pas évidente. Finalement, Pélissier avait un point commun avec les termites : il n'avait besoin de personne. Personne de défini. On ne parlait de lui que pour l'associer à Marie-Thérèse. « C'est le monsieur de Mademoiselle Le Murier », « c'est le gigolo de ma cousine », « c'est l'amant de la vieille », « celui qui profite de cette maison, c'est Pélissier ». On ne parlait plus à Héricy que de Pélissier. Heureusement le mois de juillet venu, Mademoiselle Le Murier allait partir pour l'Italie avec « son ami » tâchant d'oublier leurs difficultés dominicales.

Héricy, désert pendant les grandes vacances, avait pour Thierry Dorival un attrait extraordinaire. Le petit village devenait pour trois mois l'objet de ses rêves, le siège de ses désirs, le cœur de ses pensées et de son être. Son père partait lui aussi en voyage avec sa mère, et son frère Olivier allait passer le mois d'août en Angleterre.

Seuls restaient quelques Parisiens, toujours les mêmes. Charles-Félix, les Solto, l'ambassadeur Gournaud et une partie de la famille Cornicaud de Laval, ainsi que l'épicier, le boulanger, la fille du pharmacien, peut-être la sœur de Pélissier, l'institutrice et divers petits enfants répartis dans des maisons que régentaient férocement des grand-mères tourmentées par de délicates ménopauses.

Le mois de juillet à Héricy était pour Thierry Dorival un véritable délice. Certes il devait rejoindre ses parents pour passer le mois d'août avec eux, mais il n'en avait pas moins la maison à lui pendant un mois complet ; c'était le principal.

Thierry n'avait plus aucune obligation ; il répondait une fois par semaine à sa mère qui, devant la tour de Pise, lui écrivait des lettres délirantes, se plaignant à l'avance « d'avoir encore une maison à se mettre sur le dos ».

Le facteur portait le courrier à vélomoteur, vers midi, et sonnait chaque fois qu'il introduisait une lettre, une carte ou un prospectus dans la boîte.

Le 3 juillet, le premier passage du facteur réveilla

Thierry. Il faisait beau. Il était seul. Il descendit en pyjama dans le jardin. Il resta un moment sur l'herbe, Adine, la femme de ménage, lui apporta une enveloppe grise au dos de laquelle était écrit le nom de son meilleur ami, André Mortimer.

Il la lut deux fois, pensant à mille projets : « Mon cher Thierry, c'est décidé, je viendrai à Héricy quelques jours. J'ai eu du mal à convaincre mon père qui voulait m'envoyer à Madrid étudier l'espagnol. Je serai là plus tôt que prévu, mais je ne peux pas te dire exactement quand. J'essayerai de rester plus longtemps. Amicalement. André. »

Adine, n'échappant pas à la loi ancillaire qui veut que les enfants soient les rois, quand les patrons sont partis, demanda à Monsieur Thierry « s'il ne voulait rien de spécial ».

Thierry lui expliqua qu'il avait invité un ami et s'excusa du travail supplémentaire qu'elle aurait. Devenant son complice, Adine lui assura que « les amis de Monsieur Thierry ce n'est pas pareil que ceux de Madame, car vous comprenez, c'est pas pour la critiquer, votre mère, mais elle tue les gens, elle les met à bout, et si je reste, c'est bien pour vous, vous pouvez vous le dire ».

Elle servit le petit déjeuner et regarda Thierry avec l'envie bien maternelle de le caresser ; elle pensa qu' « il était trop grand maintenant » et alla préparer la chambre d'André.

André arriva le lendemain. Comme il avait oublié de changer de train à Melun, il se retrouva à Montereau et le taxi qui l'amena fit grande impression sur la population d'Héricy, et sur Thierry lui-même.

André était habillé impeccablement. Il avait de très beaux bagages et sentait bon une eau de Cologne au santal. L'allure d'André sortait de l'ordinaire. Son raffinement déplaisait beaucoup à Monsieur Dorival, à qui l'on avait caché sa venue.

Il y avait dans l'amitié qui unissait André et Thierry une certaine rivalité. Inconsciente. Mais cette rencontre qu'ils souhaitaient tant, brusquement, là, sur le pas de la porte, avait quelque chose de solennel et d'affectueux.

Avant d'aller se changer, André raconta son voyage. Une dame à petit chapeau ; en face d'elle une autre, sourde, toute petite, les yeux bridés ; un curé en soutane avec une hache dans la main gauche, une selle de cheval dans la droite, suivi d'une religieuse portant sur un petit nez busqué de grosses lunettes de soleil. Un compartiment curieux, mais la vie n'avait rien d'anodin pour André.

Thierry regarda André. Il avait peut-être grandi mais il n'avait pas changé. Un oiseau de proie. Les yeux noirs, les cheveux noirs, une peau déjà colorée par le soleil, il portait autour du cou un long foulard de soie indienne, turquoise et blanc. Le col de sa chemise s'ouvrait sur sa poitrine. Il y pendait une lourde chaîne à larges maillons. Au bout, une croix, des médailles, un fétiche.

Ils ne sortirent pas avant le déjeuner ; ce n'était pas

nécessaire. Les plats servis par Adine avaient une saveur particulière. Assis l'un en face de l'autre, très droits sur leur chaise, ils mangeaient avec beaucoup de classe, sans cérémonie. Adine faisait du zèle et donnait du « monsieur » à Thierry, à tout bout de champ. Elle venait « prendre les ordres ». C'était le maître de maison. Thierry souriait intérieurement mais si son air volontairement un peu grave n'enlevait rien à sa grâce, il n'en paraissait que plus enfantin.

L'un était « soigné », l'autre « bohème ». Ils s'en amusaient, accusant chacun son personnage. André fumait, buvait du café, lisait le journal. Thierry ne fumait pas, se pressait des oranges et faisait hurler sur son tourne-disque *Barbara*, cent fois de suite.

Ils ne se gênaient pas, ils ne se complétaient pas non plus ; ils étaient amis.

Ils décidèrent d'aller passer l'après-midi chez les Cornicaud de Laval et emportèrent leur raquette de tennis.

Geneviève, ex-Cornicaud de Laval, avait épousé l'ambassadeur Gournaud avec une intense satisfaction. Sa maison, qu'elle tenait d'un oncle argentin mégalomane, était beaucoup plus grande que le château des Solto, mais elle était si laide que Geneviève Gournaud ne s'en vantait pas. De plus, elle n'était pas à Héricy, mais à Barbeau, coincée entre la route nationale, la Seine et la voie de chemin de fer. Le jardin n'avait pas la délicatesse de celui de Marguerite qui avait préféré les cerisiers du Japon et une rocaille aux fleurs rarissimes, à cette nouvelle mode à laquelle

Geneviève Gournaud avait cédé : le cèdre du Liban, il y en avait plein le jardin.

Geneviève, grande, blonde, en imposait autant que sa maison, qu'elle appelait, on ne sait pourquoi, « mon hameau ». Les façades recouvertes par des carreaux de faïence bleu et blanc montraient l'aspect burlesque de l'oncle argentin qui avait voulu reconstituer par là une demeure portugaise telle qu'il se l'était imaginée. A tort.

Un des attraits de la maison était le toit. Et là Madame Gournaud, ex-Cornicaud de Laval, m'excusera d'intervenir mais je ne lui donnerai pas raison d'avoir interdit l'accès de cette gigantesque terrasse entourée de très hauts remparts, ce qui évitait tout danger si l'on avait voulu se pencher pour admirer cette vue imprenable, mais malheureusement invisible.

L'interdiction de monter sur ce toit sans danger n'empêchait personne de jouer au tennis, au fond du parc. Bien au contraire, tout le monde s'y retrouvait.

L'arrivée de Thierry Dorival et d'André Mortimer interrompit un instant la partie que se disputaient Marguerite Solto et Béatrice Le Murier. Charles-Félix était assis sur un banc, arbitrant stupidement le jeu. Personne n'avait besoin de lui. Il n'imposa pas longtemps sa présence pesante et lourde et partit ; il avait soi-disant à faire.

Marguerite regarda André, Béatrice, Thierry. Puis la partie reprit. Conscientes du spectacle qu'elles donnaient, les deux femmes s'efforçaient de bien jouer.

Béatrice dut rentrer, son professeur de piano l'attendait. Marguerite Solto la raccompagna. Thierry et André se retrouvèrent seuls.

Thierry ne savait pas jouer au tennis. André avait du style. Le soleil les illuminait. Thierry riait très fort, content de tous ses gestes. André donnait des conseils. Un climat d'amitié, de drôlerie ; les arbres, froissés par le vent, filtraient une lumière éclatante. Ils entouraient le rectangle rose sur lequel couraient d'un bout à l'autre Thierry et André, se renvoyant les balles le mieux possible. Ils s'appliquaient.

Ils ne restèrent pas longtemps ; l'ambassadeur Gournaud les invita à dîner. Ce fut ennuyeux, c'était normal. L'ambassadeur parlait de ses Mémoires, qu'il écrivait avec courage et entêtement. André regardait Thierry qui faisait mine de s'intéresser aux guerres d'Indochine, de Corée, du Vietnam et d'ailleurs.

La nuit tomba. L'ambassadeur Gournaud proposa à ses invités de les raccompagner en voiture. Ils refusèrent. La route était éclairée çà et là par de mornes lampadaires qui semblaient supporter avec une sainte résignation la tristesse de leur monde désert.

Côte à côte, ils marchèrent sans bruit. Ils mirent du temps à parler. Ils ne savaient pas comment se taire. Ils se sentaient bien. André commença. Il avait besoin de dire les choses. Thierry ne l'encouragea pas, peut-être par peur. André souffrait de la réticence de Thierry ; il le regardait constamment. Il conclut : « Dommage qu'on ne soit pas frères », sur un ton lamentable, incertain, banal.

De retour, André demanda à Thierry la permission d'aller se promener dans le parc. Il ne voulait pas se coucher tout de suite. Thierry le regarda avec une simplicité recherchée, lui dit : « Je crois que tu es fou », et ne l'accompagna pas.

André, dehors, éclairé par la lune, se mit à courir jusqu'au bout de la pelouse. Les ombres portées écrasaient sur le sol des découpes aux contours effrayants. Une allée très large, dans laquelle il s'engouffra, laissait apercevoir au loin un plan d'eau : c'était la Seine. Inquiet au moindre bruit, il guettait autour de lui ; il n'y avait personne.

André se sentait seul : Thierry ne comprenait pas. Il errait, en proie à une sorte de folie. Les jambes arquées, les poings serrés, les veines gonflées par une tension qu'il accentuait en se privant de respirer, il aurait voulu pleurer. Cet effort démesuré lui fit perdre un peu de cette surexcitation maladive, angoissante à l'extrême. Il passa plusieurs fois la main sur son visage jusque dans ses cheveux et parla tout haut, comme dans un délire. Il invoquait Thierry. Son cœur suffoquait. Il s'assit sur une borne, au bord de l'eau, prêt à s'y jeter. Le vent froid le ramena vers la maison, le poussa vers d'autres pensées. Soudain, il se trouva ridicule et se mit à rire. Il marchait par petits bonds, se rappelant le regard de Thierry à son arrivée. Puis les visages inconnus rencontrés dans l'après-midi défilèrent : Charles-Félix, pas beau, Marguerite qui lui plaisait et l'étonnait. Il s'attendrit sur la délicatesse de Madame Solto. Elle avait dit : « Je suis contente de faire votre connaissance, Thierry m'a beaucoup parlé de vous. » La phrase était banale, courante mais elle y avait mis un accent particulier. Discrète, elle était partie en même temps que Béatrice Le Murier. Une leçon de piano. Il aurait aimé savoir jouer du piano. Tête de Thierry s'il avait su. Surpris, peut-être même admiratif. Être musicien, peintre. Porter des lunettes fumées comme la religieuse du train. Séduire par le mystère provocant d'un silence forcé, évocateur. Des résolutions puériles. Vivre. Oublier. Partir. Dieu. Il était si heureux d'être avec Thierry.

L'herbe était maintenant mouillée, la lune était trop blanche. La situation, comme le paysage, le choqua. Un clair-obscur et puis « après tout c'est la vie ».

Thierry était couché quand il rentra. Il alla s'asseoir sur son lit. Thierry se réveilla brusquement, en sursaut. André ne bougea pas et lui dit simplement : « N'aie pas peur, c'est moi, je voulais te dire bonsoir. » Thierry répondit par un gémissement, puis se tourna de l'autre côté, écrasant sa joue contre l'oreiller. Il adhérait au sommeil, ses deux larges épaules tournées vers André ; il s'endormit à nouveau.

André, dans sa chambre, s'agita autour de ses valises qu'il mit un temps infini à défaire. Il s'imagina qu'il arrivait seulement, que cette journée ne comptait pas. Le lendemain serait différent. Sa chambre était contiguë à celle de Thierry. Il n'y pensa pas et se glissa entre les draps. Le poids de sa journée lui pesait au creux des reins. Il était presque las.

Le lendemain matin, Thierry s'habilla d'une seule couleur. André dormait encore. Thierry sortit acheter des hameçons chez Monsieur Manu, dont la femme était réputée dans toute la région pour ses appas. Le Murier en avait du reste usé et abusé. Madame Manu, protestante par goût mais Suédoise d'adoption, avait donné quelques détails sur ses relations avec Le Murier qui en alléchèrent plus d'une. La femme du plombier, en particulier, rêvait à chaque nouvelle lune d'une façon si étrange que le pharmacien disait : « Si Le Murier continue à la bouder, il va la tuer. »

Lorsque, vers midi, Thierry fit irruption dans la chambre de son ami, avec tout un matériel de pêche à la main, celui-ci, nu, choisissait ce qu'il allait mettre.

Les hameçons et les cannes à pêche ne servirent à rien, car Béatrice Le Murier invita Thierry Dorival à venir chez elle passer l'après-midi avec quelques amis.

Il avait fière allure à cheval, André Mortimer. Béatrice lui avait prêté sa jument « Catleya », qu'il promena seul, sans tenue spéciale, découvrant ainsi la forêt de Barbeau située derrière le passage à niveau. En ville, il croisa Adine, qui eut pour lui un regard admiratif et envieux : « Vous avez bien de la chance. »

Il sourit ; il n'y croyait pas. Il ne voulait pas penser à la chance. Il aimait l'odeur du cheval, des bois, de l'air, le toucher du cuir de la selle, le bruit mat des sabots sur le sentier, la chaleur du soleil, le temps présent. Il aimait, c'était là sa chance, celle de tout le monde. Pour son bonheur, il faut s'adapter, s'adopter et c'est tout. Il avait changé depuis la veille.

Béatrice ne porta aucun jugement sur André. Elle posa des questions. Elle voulut faire de l'esprit et mit Thierry de fort mauvaise humeur. Il regrettait de ne pas être allé avec André ; lui aussi savait monter à cheval.

Elle l'ennuyait. Les amis qui étaient là aussi. Elle s'aperçut qu'elle faisait fausse route et fit des efforts. Elle changea de conversation, mit un disque.

L'année précédente, il avait aimé Béatrice Le Murier. Il avait fait l'amour avec elle. Ils s'en souvenaient. C'était en septembre. Depuis, ils avaient récidivé. Elle en avait l'habitude. Elle se déshabillait vite. Lui aussi. Ils se regardaient un peu avant et se jetaient l'un sur l'autre avec férocité, douceur, sensualité. Elle aimait son corps, son haleine, sa bouche, sa langue, tout. Il faisait ça comme ça, sans y penser. Elle était scrupuleuse, elle ne le déçut jamais, bien que, pendant, Thierry se demandât souvent s'il en avait vraiment envie.

Béatrice se leva de sa chaise longue et servit une orangeade à ceux qui étaient encore là. Le soleil tapait fort, le téléphone sonna ; c'était Christine Le Murier.

Thierry entendit son cœur c'était elle qu'il aimait.

L'aînée. Elle allait venir à Héricy jusqu'à la fin du mois. Béatrice repartirait pour l'Angleterre. Ils parlèrent d'autre chose.

André, de retour, trouva l'atmosphère pesante. Béatrice semblait contrariée, Thierry absent. Ils étaient assis dans le petit salon, avachis dans de larges fauteuils en cuir, tout près du feu. Sur un guéridon, le téléphone ; sur une table, des fougères dans un vase ; sur un plateau des miettes, des tasses vides. Ils avaient pris le thé. Le soir tombant sur tout ce petit monde lugubre, muet et insouciant, rendit triste cette fin d'après-midi. Le contre-jour aidant, ceux qui, au soleil, semblaient jeunes et beaux, avaient pris des allures macabres, sinistres comme si les pires menaces pesaient sur eux.

L'heure du dîner approchant, Thierry et André se retirèrent, laissant seule Béatrice dans sa grande maison. Elle passerait la soirée avec sa grand-mère qui faisait des patiences, enfermée dans sa chambre une grande partie de la journée. Bien fait pour elle !

Charles-Félix s'invita chez Thierry Dorival, qui ne pensait plus qu'à l'arrivée de Christine Le Murier. André répondait docilement à Charles-Félix qui lui posait question sur question sur les relations du général Mortimer, son grand-père, avec le général de Gaulle. Charles-Félix pérorait, tirait des conclusions, se lançait dans de grands discours ; il n'intéressait personne autre que lui-même.

Les jours se suivirent, rapprochant Thierry d'André. Béatrice Le Murier était repartie pour l'Angleterre, Christine n'était pas arrivée, Marguerite Solto était allée suivre un enterrement très chic à Paris et, pour une fois, Charles-Félix travaillait. A plusieurs reprises, Thierry eut de longues discussions avec André. Ils lisaient les mêmes livres, ils apprenaient les mêmes langues et avaient à peu de chose près les mêmes préoccupations.

Alors qu'on s'acheminait langoureusement vers le 14 juillet, Christine Le Murier fit son apparition. Plus âgée que Thierry, elle était intimidante pour qui ne la connaissait pas. Elle s'entourait de garçons qui avaient pour principaux attraits leur nom et leur situation. Thierry l'amusait depuis toujours. Elle en avait fait son ami. Il avait été témoin de sa liaison avec le fils de l'aubergiste de Samois, petit village situé de l'autre côté de la Seine, juste en face d'Héricy, et c'était pour Thierry, et pour lui seul, un souvenir inoubliable.

Il se revoyait, ramant dans la barque où se trouvait Christine, qui allait rejoindre son amant sous prétexte de faire une promenade avec Thierry. Parfois, il restait sur un ponton, à l'attendre au soleil. Parfois aussi elle l'emmenait dans un grenier où ce qu'il vit et ce qu'il fit l'initièrent à ce que l'on appelle vaguement et sans idée très précise : l'amour.

Ils étaient une dizaine de garçons et de filles dans cette soupente, au-dessus du restaurant de l'aubergiste, à goûter secrètement aux charmes de l'existence. C'était sur des matelas empilés les uns sur les autres, dans une obscurité totale, qu'il avait embrassé une fille pour la première fois.

Au début, il n'avait pas osé bouger. Il ne savait pas. Il avait regardé autour de lui. Il voulait apprendre vite, sans en avoir l'air. Les autres n'avaient pas le temps d'être gênés ; ils se moquaient de lui. Il ne comprenait pas toutes les allusions. Il souriait. Christine le protégeait. Ils étaient plus grands que lui, il était fier d'être avec eux. Ils allaient se baigner ensemble. Il faisait le clown. Christine ne se souciait pas de lui outre mesure. Elle regardait ailleurs.

Quelques années s'étaient écoulées. Le fils de l'aubergiste était parti faire son service militaire. Christine ne lui avait pas écrit. Lui non plus. Elle l'avait remplacé par un Parisien qui faisait ses études à Fontainebleau. Elle avait son permis de conduire, une voiture, et passait des journées entières avec lui, on ne sait où. Elle ne demandait pas à Thierry de la suivre ; ce n'était plus la peine.

Thierry ne s'entendait pas très bien avec toute la famille Le Murier, un peu à cause des parents, et surtout à cause de l'histoire Klopeck. Thierry avait abîmé beaucoup de tuiles avec son lance-pierres et fait trop de bêtises pour plaire à Élisabeth Le Murier. Chaque fois qu'elle le voyait, avant même de lui dire bonjour, elle lui disait : « J'admire vos parents, si je puis dire... car il en faut du courage pour vous supporter. » Un jour il avait répondu insolemment : « Moi ceux que j'admire, ce sont vos enfants. » Cela n'avait pas arrangé les choses. Thierry était toléré chez les Le Murier parce que voilà, « il faut avoir de l'esprit et que jeunesse se passe ».

Nathalie Le Murier ne regardait pas Thierry Dorival. Elle avait deux ans de moins que lui, mais sa puberté avait de longtemps précédé la sienne. Elle profitait des amitiés masculines de sa sœur aînée et n'avait pas assez d'humour pour supporter l'agressive présence de Thierry. Elle montait dans des voitures qui vont très vite. Elle sortait tard le soir. Elle n'aimait pas parler et ne faisait aucun sport avouable. Elle se regardait des heures durant. Elle n'avait aucune culture, mais pendant les vacances personne, sauf Charles-Félix, n'y attachait d'importance.

Les premiers jours qui suivirent son arrivée, Christine Le Murier ne fut pas visible. Elle avait de la fièvre et l'on dut appeler un médecin de Paris dont le diagnostic resta secret. Lorsqu'elle sortit, ce fut pour rendre visite à Maguerite Solto. Christine voulait acheter une des dernières voitures conçues par Tony : la « Mecca-Solto III ». Marguerite avait chez elle son amie Jeanne Carré, qui raidissait sa jambe plus que jamais, et Madame de Ravloff, l'unique belle-sœur de Marguerite.

Madame de Ravloff était ce que l'on appelle vulgairement « une piquée ». Elle passait sa vie chez le dentiste de Fontainebleau à qui elle se plaisait à rendre visite à n'importe quelle heure. Quand elle entrait dans la salle d'attente, les lèvres à peine maquillées, elle lançait un petit cri strident qui faisait sursauter la clientèle bourgeoise, peu habituée à fréquenter les folles. Madame de Ravloff, réputée pour sa grande intelligence et son agréable compagnie, était la distinction personnifiée. Tout en restant gantée jusqu'au coude, elle feuilletait nonchalamment depuis dix ans la même revue dont elle regardait toujours avec le même intérêt la publicité vantant la robustesse des machines à écrire pliantes et l'efficacité des chaises électriques. Lorsque le professeur Omblyne introduisait Clémentine de Ravloff-Lohengrin, il avait un petit sourire spécial, attendri et fixe. Il voulait cacher ainsi une neurasthénie que ne compensait aucun autre vice, sinon l'éternelle et constante débauche dans laquelle le plongeaient les visites de la belle-sœur de Marguerite Solto.

Marguerite ignorait la conduite de Clémentine de Ravloff qui ne lui parlait jamais seule à seule. Elle se méfiait, par principe. Christine Le Murier, très impressionnée par le château de Marguerite, regrettait à chaque fois qu'elle y pénétrait que son père ne l'eût pas acheté lorsqu'il était à vendre. Elle se voyait recevant, sur le perron, ou dans les longs couloirs, distribuant des chambres à ses invités.

Chez Marguerite, Christine rencontra André Mortimer qui eut sur elle un certain ascendant. Il parlait d'une manière rapide, énonçant tout de suite l'essentiel de sa pensée, comme si son interlocuteur allait succomber avant la seconde phrase. Thierry était partagé entre le plaisir de voir son ami adopté et la jalousie de le voir occuper une telle place en si peu de temps.

Marguerite Solto racontait sa vie à André. Elle avait vécu bourgeoisement jusqu'à son mariage avec Tony, et depuis s'ennuyait tout autant. Elle avait eu différentes passions : le cinéma, la natation, les collections, et puis les fleurs. Marie-Thérèse avait profité de sa première passion ; elles couraient ensemble d'un cinéma à l'autre, tous les jours de la semaine, assistant à cinq séances différentes. Elles allaient dans des quartiers impossibles, ne rataient rien, avalant tout, le pire, le meilleur ; cela ne dura pas plus de huit mois.

Quant à la natation, ce fut Madame Dorival qui tomba dans le piège que lui tendait Marguerite Solto : « Éliane, ne croyez-vous pas qu'il serait bon pour nous de nager tous les matins ? » Madame Dorival, à qui rien ne faisait peur, et qui même en rajoutait, lui répondit, téméraire parce que aveugle : « Je suis prête à vous suivre. » C'est ainsi que l'on pouvait voir il y a deux mois encore, à la piscine de l'Étoile, deux femmes sentant bon le même parfum, plonger dans l'eau à huit heures du matin pour n'en sortir qu'à midi tapant, épuisées. C'est parce que Madame Dorival en eut vite assez que Marguerite Solto dut renoncer à la natation. C'est alors qu'elle entreprit différentes collections, mais l'effort constant de rechercher un objet qui n'était pas toujours unique ne la retint pas longtemps. C'est vers cette époque, échaudée par ses passions précédentes, qu'elle se consacra à la botanique. Elle apprit par cœur tous les manuels de phytologie qui lui tombaient sous la main. Elle les compulsait fiévreusement jour et nuit, préoccupée.

Pour aller chercher la fleur thordéale, elle parcourait le monde entier. On la vit en Alaska puis au Tibet, tirée par des traîneaux, ou juchée sur le dos d'un chameau. Infatigable, elle resta des mois absente, suivie de Théo, son jardinier chinois, qu'elle avait trouvé en même temps que la fleur unique qu'elle chérissait tant : le pavot conifère flamboyant. N'ayant jamais pu s'acclimater à Héricy il creva dans une ouate délicatement posée au milieu d'une serre construite spécialement pour ce genre de végétaux gras à racines multiples.

La vie de Marguerite Solto fascinait André Mortimer. Le physique de Madame Solto ne laissait rien prévoir d'une telle originalité. Brune, le visage rond, les gestes courts, ni grande ni petite, d'allure sportive, elle n'avait pas l'air tourmenté. Elle riait de tout, ne se préoccupant de rien : son mari, son fils, la fuite du temps, l'inutilité de sa vie ; hormis ses fleurs, rien ne comptait. Elle brûlait la vie par les deux bouts, ce qui faisait dire à ses amis, amusés et attendris : « C'est une femme-enfant. » Elle n'avait pas de temps à perdre. Si elle donnait souvent l'impression d'être absente, elle ne pensait pas pour autant. Seul, Théo, le fidèle jardinier qu'elle emmenait partout avec elle, avait découvert les mobiles qui poussaient Marguerite à ne s'intéresser plus qu'à sa rocaille. Théo n'ouvrait jamais la bouche et ce n'est pas par lui qu'André aurait pu en savoir plus long sur la jolie Madame Solto.

Thierry, lui, avait son opinion sur Marguerite, mais pour l'instant il pensait à Christine Le Murier qui, dans un coin, ne bronchait pas. Elle rêvait à sa prochaine voiture : la « Mecca Solto III ».

Marguerite beurra encore une tartine dont personne ne voulut. Madame de Ravloff tricotait inlassablement, le nez sur son ouvrage, ne perdant rien des différentes conversations ; elle les suivait attentivement pour les noter le soir même dans le journal qu'elle tenait scrupuleusement, comme par devoir et pour se donner bonne conscience. Elle était l'éternel témoin.

Chacun rentra chez soi. André, qui avait goûté copieusement, n'avait plus faim et ne dîna point. Thierry non plus : Christine Le Murier ne lui avait pas adressé la parole de la journée.

Thierry, ne comprenant pas le revirement de Christine, devint maussade. Son humeur n'encourageait pas André à rester plus longtemps que prévu. Ils vécurent des jours entiers sans beaucoup se parler. André regardait le visage de son ami comme s'il avait oublié son premier soir à Héricy ; aucune passion ne l'animait.

A mesure que le temps passait, Thierry était plus triste encore de l'attitude de Christine Le Murier, qu'il voyait de moins en moins. Elle ne sortait plus ; elle s'ennuyait. Pour résoudre les complications de sa vie, elle avait décidé de se marier. Afin d'échapper à l'emprise de sa famille et au petit cercle de relations amoureuses qu'elle avait entretenues jusqu'à présent, par plaisir mais sans vice, elle réorganisa son emploi du temps et au lieu d'agir sans manière, elle se fonda une éthique.

Désormais, son comportement ne fut plus naturel et spontané, il fut raisonné. Elle n'en devint pas plus convenable pour autant, mais vécut avec méthode, par calcul. Elle n'évitait pas Thierry, elle l'ignorait. Il faisait partie d'un ancien décor, celui de sa vie passée, dont Thierry gardait l'image de cette longue fille qu'il menait en barque d'Héricy à Samois.

André ignorait les liens tacites qui unissaient Thierry à Christine Le Murier et à Marguerite Solto ;

celle-ci avait toujours eu pour lui une profonde affection. En perdant l'une, Thierry Dorival pouvait trouver auprès de l'autre l'âme sœur qui lui donnerait l'illusion du bonheur.

Thierry n'avait jamais vraiment repoussé Marguerite. Il faisait mine de ne pas comprendre ses avances, et s'en tenait là. Elle, par orgueil et par peur de tout gâcher en effarouchant un garçon si jeune, n'allait guère au-delà des sous-entendus et des gestes ébauchés. Thierry, fier de résister à la convoitise d'une femme que l'on enviait tant, avait toujours su rester à sa place. Il n'avait envers elle nulle arrogance et les insidieuses questions de Marguerite Solto, telles que : « Connaissez-vous bien les femmes ? » restaient toujours sans réponse.

Un jour qu'ils sortaient de chez Marguerite, André demanda à Thierry : « Pourquoi n'as-tu jamais couché avec Madame Solto ? » Thierry rétorqua, naïf, mais sincère : « Quelle horreur, elle pourrait être ma mère ! » André ajouta, sans y croire : « Cela n'empêche rien », et ils se mirent à rire. Il faisait beau. Ils décidèrent Charles-Félix, rencontré par hasard, rue des Pêcheurs, à venir se baigner avec eux.

Charles-Félix ne s'exposait jamais au soleil. Par principe. L'eau de la Seine le dégoûtait à tel point qu'il n'y était jamais à l'aise. De plus, il nageait d'une manière si démodée que cela prêtait à sourire.

André et Thierry restèrent un bon moment dans l'eau. Ils aspergèrent tous les promeneurs qui s'arrêtèrent pour les regarder. Quelques pêcheurs durent plier bagage ; les deux garçons avaient fait tant de vacarme qu'on ne pouvait plus espérer pêcher la moindre ablette. Charles-Félix, grelottant, enveloppé dans un peignoir aussi blanc que sa peau, les regardait, pensant à ses camarades de Sciences-Politiques. Qu'étaient-ils devenus ? Il ne restait de toutes ces années, de tous ces visages, que quelques noms : Loubet, Hubin, Chicot.

Charles-Félix, pour faire sortir de l'eau Thierry et André, proposa une partie de billard chez les Solto. André ne savait pas jouer, Thierry n'en avait pas envie, ils étaient bien tous les deux. Charles-Félix les quitta pour achever *l'Écharpe du cygne*, roman que lui avait prêté Madame de Ravloff et qui le passionnait depuis plusieurs jours.

Une fois sur l'herbe, se reposant de leurs jeux aquatiques, André et Thierry, côte à côte sur la même serviette, parlaient de choses et d'autres. Ils revenaient aux conversations du premier jour, se fascinant mutuellement. Ils entendirent, sur la route, le bruit d'une voiture : c'était Christine Le Murier. Elle devait se rendre à Fontainebleau. « Grand bien lui fasse ! » dit Thierry.

Le corps d'André, plus musclé que celui de Thierry, n'en avait pas la finesse. Ils en étaient à comparer leurs avantages sans aucune modestie.

Le soleil continuant sa course les abandonna, embrasant la forêt de Fontainebleau. Ils avaient l'air heureux. Ils firent une longue promenade au bord de la Seine.

Thierry, en marchant ainsi sur les berges, revit toutes les vacances de son enfance qui se superposaient dans sa mémoire. Près de la ferme, là où poussent des roseaux, il avait pêché d'énormes poissons-chats qu'il avait guettés pendant des heures. La première fois qu'il en avait attrapé un, il avait eu si peur de voir l'animal se débattre hors de l'eau, au bout de son hameçon, qu'il avait soudainement tout lâché ; le poisson-chat était retourné dans la Seine, entraînant la canne à pêche. Thierry était furieux contre lui-même, et l'histoire qu'il raconta à ses parents lui fit honte toute une semaine.

Plus loin, avant d'arriver au bras mort, juste en face du château d'eau, la berge s'affaisse et l'on en a profité pour y aménager un lavoir. L'année précédente, Madame Cornicaud de Laval, pour punir une de ses filles, Marie-Ange, qui avait giflé une femme de chambre coupable de lui avoir mal lavé un chemisier, l'avait obligée à venir y faire la lessive de cette malheureuse fille. Ensuite Mademoiselle Cornicaud de Laval avait dû lui présenter ses excuses, à genoux.

André, étranger à toutes ces péripéties, ne pensait qu'à se rapprocher davantage de Thierry, dont il partageait la vie depuis plus d'une semaine. Il souffrait à l'avance d'être séparé de son ami pendant tout un mois. Ils n'avaient pas grand-chose à se dire et pourtant ils ne savaient rien l'un de l'autre et moins encore d'eux-mêmes. Ils tâtonnaient, Thierry croyait en Dieu, André était profondément athée. Ils souffraient de leur manque d'indépendance et s'ils avaient été brusquement libres l'un et l'autre, ils se seraient perdus. Leur inquiétude provenait de leur âge, de leurs parents, de leurs aspirations, si diverses, qu'ils ne savaient plus à quel saint se vouer. Et tout les inquiétait. André avait besoin de se lier, de se confier. Thierry en avait peur ; il craignait d'une amitié trop intense un total abandon de lui-même. Il résistait. Encore.

Ils fêtèrent le quatorze-juillet ensemble. La retraite aux flambeaux fut un très beau spectacle. Chacun avait son lampion. Le plus réussi fut celui de Marguerite Solto ; elle se l'était confectionné « comme une fleur du mal », précisait-elle. Une très large corolle mauve et noire dont les pétales inégaux formaient une gigantesque couronne au milieu de laquelle brûlaient trois cierges rouges. Le lampion de Madame Largillier, la charcutière, n'était qu'un accordéon déplié, rouge, bleu et blanc. Les pompiers portaient des torches en chantant, éclairant leur casque où se reflétaient tous les feux de la fête. Ils défilaient à travers le village, fanfare en tête. De Vrie, la joue rose, portait sa croix ; c'était un bon curé. Il tenait à la main son bréviaire, qu'il avait oublié de lire pendant la journée. Il ne put l'ouvrir tant il faisait sombre. Il devait prier, tel qu'il était, entouré de quelques solides enfants de chœur.

Thierry n'avait pas une sympathie particulière pour De Vrie. Il ressemblait trop à un abbé qu'il avait connu lorsqu'il était à l'école Gerson. L'abbé de Saint-Pierre, au nom prédestiné, lui avait troué la tête en lui assenant un coup de clé alors qu'il bavardait dans les rangs qui auraient dû, sauf cet incident, le mener au lycée Janson-de-Sailly, seul établissement dont il gardait un excellent souvenir.

Christine Le Murier n'assista pas à la retraite aux flambeaux, ni au concert donné par la fanfare d'Héricy, place du Pilori. Personne ne la regretta.

Certains dirent, sans s'attarder : « Elle est trop

fière pour venir. » A mesure qu'elle s'éloignait d'Héricy et désertait sa maison pour aller chez des amis dans les environs, Christine devenait impopulaire. « Elle a tout ce qui lui faut ici, je ne vois pas ce qu'elle va chercher ailleurs », disait le chef d'orchestre au jardinier des Le Murier avant d'attaquer, baguette en l'air, la deuxième partie du « Chant de l'aigle », de Couperin fils.

Chacun, dans le village, jouait d'un instrument. Le chapelier, Monsieur Darenbert, se révélait comme une excellente clarinette ; Joffre, le plombier, un merveilleux trompettiste. Seule était triste Madame Lebesnerais, la femme du garde-chasse ; elle jouait de la harpe comme personne, mais on ne le lui demandait jamais. Pour s'en consoler, elle donnait des leçons de solfège aux enfants du village et venait en aide au pâtissier-chef d'orchestre lorsqu'il avait du mal à déchiffrer une partition de Couperin fils, son compositeur favori.

Thierry et André regardaient tout le monde avec attendrissement. André dont le visage n'était pas familier — on ne s'habitue pas si vite aux nouveaux venus — attirait tous les regards. Puis, peu à peu, la chaleur provoquée par cette longue marche en guirlande se mêlant au plaisir d'écouter la joyeuse musique de Couperin fils, l'atmosphère se détendit. On oublia l'absence de Christine Le Murier, André fut tout à fait accepté et l'on dansa tard dans la salle des fêtes. Depuis la distribution des prix le décor n'avait pas changé ; il représentait, avec une sommaire habileté, une vue du Champs-de-Mars.

Le surlendemain de la fête, Monsieur Solto, qui n'y avait pas assisté, eut un malaise. Redoutant les médecins de campagne, il regagna Paris avec sa sœur, Madame de Ravloff. Marguerite n'éprouva pas le besoin de suivre son mari ; « ce n'était pas la première fois qu'il piquait une tête dans le potage ». De plus, Marguerite avait horreur de la mort ou de la maladie ; elle ne voulait pas qu'on lui en parlât. Elle supportait la jambe raide de son amie Jeanne Carré, c'était bien suffisant comme ça. Se plaignait-elle de ses rhumatismes ? Parlait-elle de ses différentes coliques ? Non ! Elle ignora donc la raison qui obligeait sa belle-sœur à quitter Héricy et donna un grand déjeuner pour la circonstance.

Marguerite, s'apercevant de la profonde amitié qui unissait Thierry à André, en souffrit. Jalouse de cette intimité, elle se mit à haïr André. Elle s'ingénia à l'éloigner une partie de l'après-midi en l'obligeant à jouer au tennis avec une nièce de passage laide et stupide, qui lui demandait sans cesse : « Mortimer ? mais vous n'êtes pas anglais ? » et André de répondre à chaque fois : « Je suis né dans le Var de parents berrichons. » Il était excédé mais ne pouvait faire autrement que de renvoyer poliment les balles.

Marguerite congédia petit à petit ses amis et fit accompagner par Théo, le jardinier, ceux qui prétendaient visiter les serres, histoire de prolonger leur visite. Restée seule avec Thierry, Marguerite lui dit : « J'ai tellement de mal à faire ce que je veux. On ne peut pas dire que la vie me gâte. » Elle soupira. Thierry ne put s'empêcher d'éclater d'un rire franc et d'ajouter, pour justifier ce qui aurait pu passer pour une moquerie : « J'aimerais bien être à votre place. »

Comme Madame Dorival, à qui Marguerite avait proposé de nager tous les matins, Thierry était tombé dans un autre piège. Les choses se précipitèrent. Sans aucune préméditation, mais sans regret non plus, Thierry devint soudain l'amant de Madame Solto. Il en fut le premier surpris. Elle, point. Elle l'avait désiré depuis longtemps, attiré, puis conquis. C'était bien joué, au moment opportun. Il l'admirait ; elle l'avait violé.

Les moments les plus importants pour ceux qui font l'amour, c'est avant et après. Avant décide l'acte, après le prolonge ou l'efface. Thierry, fier de son corps, se laissa déshabiller comme un enfant. Il attendit un instant. Lorsqu'il fut nu, étendu contre elle, la nature décida pour lui et il se rua sur elle. Il fut brutal, il se croyait viril. Marguerite parla sans aucune sagesse ; elle faisait déjà des projets. Elle n'était pas déçue, elle savait ce qui l'attendait : une fraîche inexpérience pleine de bonne volonté.

Thierry avait fauté et pour se donner bonne conscience, il conclut, se frottant les mains : « On a bien fait. » Marguerite souriait, allongée sur le dos, se reposant du triomphe. Pendant une heure, ils ne bougèrent pas, comme pétrifiés. Thierry détaillait la chambre de Madame Solto. Il était son amant, et de se voir dans cette situation l'enchantait.

Lorsqu'ils descendirent prendre le thé sur la terrasse, ils rencontrèrent André qui les cherchait. Marguerite se montra de fort mauvaise humeur, Thierry indifférent. André ne comprenait pas. Il voulut faire diversion et raconta avec beaucoup de drôlerie sa partie de tennis avec la nièce de Marguerite. Thierry riait de bon cœur ; il avait oublié la chambre de Marguerite, il retrouvait son ami. Marguerite, au contraire, intervenait dans le récit d'André et le commentait avec hargne. André, lassé, se tut ; il n'y avait plus rien à dire. Elle ajouta, victorieuse : « Eh bien, si vous n'avez pas perdu votre journée, nous non plus ! » André comprit. Il partit. Thierry, stupide, souriait. Il n'y avait pas de quoi.

André ne retourna pas chez Madame Solto pendant plusieurs jours. Cela n'empêcha pas Thierry de dîner chez Marguerite qui profitait enfin de sa liberté. Elle avait des nouvelles de Tony par Madame de Ravloff, cela lui suffisait.

Le soir, lorsque Thierry rentrait, souvent passé minuit, il s'asseyait sur le lit d'André et lui racontait ses exploits comme un véritable collégien. André l'écoutait et, s'il souffrait de cette liaison, il ne le montrait point. Pour lui, les journées devinrent de plus en plus longues, Thierry le délaissant pour Marguerite. Il cherchait à se distraire.

Charles-Félix lui fut d'un grand secours. Il était là quand il le fallait, faisant la conversation. Il parlait si bien qu'André n'avait pas besoin de lui répondre. Charles-Félix aurait bien aimé être à la place de Thierry Dorival, mais n'en était pas jaloux. Là encore on aurait pu penser : « C'est son côté Sciences-Politiques, il sait composer », mais il était fair-play, c'était sa nature. Thierry avait gagné. Il comptait les points, amusé et rêveur.

Comme Charles-Félix avait toujours ses entrées

chez les Le Murier, il y emmena plusieurs fois André qui se plaisait dans la compagnie de Christine dont on disait maintenant à Héricy : « C'est bien une fille de bourgeois, elle en a la fierté. »

Les visites d'André et de Charles-Félix coïncidèrent avec la période où Christine Le Murier attendait impatiemment qu'on lui livrât la « Mecca Solto III ». Tony étant malade, elle ne le dérangea pas, et lorsqu'elle téléphonait à l'usine, elle ne pouvait se prévaloir de son amitié avec Monsieur Solto.

La voiture arriva par camion un lundi à quatre heures de l'après-midi. Charles-Félix, André et Christine jouaient aux cartes dans le jardin.

Christine sauta dans sa voiture, embrassa Charles-Félix, André et le camionneur. Ils essayèrent tous ensemble ce petit bolide bleu qu'elle conduisit avec amour d'Héricy à Fontainebleau, de Fontainebleau à Héricy et pour finir d'Héricy à Fontainebleau où elle s'arrêta pour prendre une glace à la pistache, à la terrasse du « Marie-Laure », café chic, place des États-Unis. On sabla le champagne et Christine baptisa sa voiture l' « autocyclette ».

Pendant ce temps, Thierry goûtait les charmes de l'amour sous toutes ses formes, se dévouant à Marguerite Solto qui inspectait son jardin, pliée en deux devant un rhododendron stupidement rhomboïdal depuis plus d'une semaine.

Le soir venu, Thierry et André confrontèrent leur journée, Thierry regrettait amèrement d'avoir passé son après-midi avec Madame Solto : « Je voudrais être avec tout le monde à la fois, vous êtes chacun une partie de moi, tu es mon nez, elle est ma bouche, mes parents sont mes bras et je ne sais pas où est ma tête. » Il ne délirait pas, il se croyait original. André raconta par le menu sa promenade en « Mecca Solto III ». Il décrivit l' « autocyclette », sans rien négliger : le pot d'échappement, les pare-chocs, le klaxon deux tons, la capote, la couleur du cuir des fauteuils, le tableau de bord. Il ne fit grâce d'aucun détail.

Ils étaient tous les deux dans la salle à manger, ils parlaient. Thierry ne cessa d'interroger André sur son après-midi. Il lui posa des questions sur Christine, sur Charles-Félix, sur lui-même. André répondit avec humour : « Je t'intéresse donc ? » Thierry marqua un silence qui se voulut solennel, prit André par le bras, éteignit la lumière du rez-de-chaussée. Ils fermèrent la maison et montèrent dans la chambre de Thierry.

Pendant un long moment, Thierry rangea les affaires qui encombraient son lit. André s'y allongea. Thierry s'assit sur une chaise en face de lui et dit : « Je sais que tu m'en veux, mais je n'y puis rien. » Il alluma une cigarette, retint un instant la fumée et toussa. Il ne savait pas fumer. Il écrasa dans un cendrier ce qui restait de sa cigarette et André lui fit remarquer : « Tu aurais pu me la donner, je ne suis pas dégoûté. » Ils essayèrent d'être francs.

Peut-être que Thierry, ce soir-là, avait espéré d'André un aveu, mais ils restèrent, très tard sans rien se dire de nouveau. Ils parlèrent un peu de Marguerite Solto, beaucoup d'eux-mêmes, sans se livrer. L'angoisse d'André augmentait à mesure que le temps s'écoulait, mais il lui était de plus en plus difficile, voire impossible, d'avouer.

L'impatience d'André naissait du temps qui passait, les guettant, les menaçant. Le temps allait les séparer, les éloigner de cette chambre à jamais. Thierry ne facilitait en rien la tâche d'André. Il vivait au jour le jour, attendant de voir. Rien ne pressait. Pour le moment il était trop tôt. Il n'y songeait pas et André ne se sentait pas le courage de l'affronter. Il aurait feint l'étonnement : « Tu te moques de moi ? » ou bien la stupeur. Il ne pouvait que se dérober. « C'est impossible, à quoi cela peut-il mener ? » Thierry aurait raisonné et leur amitié en aurait été altérée. Cependant, le trouble d'André gagna celui qui le provoquait. Quand Thierry s'aperçut qu'il était séduit, malgré lui, il s'arracha de sa chaise et marcha vers André. Il s'arrêta au bord du lit, lui passa la main dans les cheveux et dit : « Tu es bien dans ma chambre ; dors dans mon lit, je vais dans le tien. » Thierry posa un long regard sur André, presque confus et partit. Ils dormirent de bon cœur, chacun dans le lit de l'autre.

Le lendemain matin, ils flânèrent longtemps en robe de chambre. Dehors il pleuvait. Adine leur monta un copieux petit déjeuner qu'ils prirent côte à côte dans le même lit. Ils firent leur toilette ensemble, joyeux, se jetant des verres d'eau glacée, tandis qu'ils se baignaient l'un après l'autre, André succédant à Thierry, dans la même eau. Ils cessèrent de jouer. Il n'y avait du reste plus d'eau tiède. Thierry ne devait pas avoir manœuvré la chaudière comme il fallait, car elle toussa à deux reprises avec tant de violence qu'elle en ébranla le mur. Ils eurent si peur qu'ils fermèrent le gaz et devinrent raisonnables, le temps de reprendre leur souffle.

Thierry vint s'asseoir sur le rebord de la baignoire et se confessa :

« Depuis que je viens à Héricy, c'est la première année que je passe de vraies vacances. Grâce à toi. Au fond, je t'aime bien.

— Tu aimes bien Madame Solto, aussi, non ? demanda André.

— Avec elle, je m'amuse, mais je ne l'aime pas. Je fais l'amour ; cela ne veut rien dire. Je ne la reverrai pas, ou presque plus. Toi, je t'aime bien, répéta-t-il, ce n'est pas pareil. Nous en reparlerons. »

Thierry se leva et quitta la salle de bains. André l'appela. Il voulait lui répondre. Thierry descendit dans le jardin, sourd et préoccupé par ses propres paroles.

Ils restèrent jusqu'au soir, jusqu'au lendemain, sans faire allusion à leur conversation du matin. Ils laissèrent le silence s'installer entre eux, n'osant pas y toucher. Ils l'interprétèrent différemment. Pour le malheureux André, c'était une preuve de bien-être, la consolidation de leur nouvel état. Pour Thierry c'était le renoncement, le muet reproche qu'il se faisait à lui-même et qu'il ne pouvait justifier. Ils furent surpris par la visite de Charles-Félix et de Christine Le Murier, qui s'attendait à un accueil plus chaleureux de la part de Thierry. Elle fut déçue. Il l'embrassa sur les deux joues sans aucune attention, puis ils allèrent tous les quatre à Fontainebleau prendre un gâteau chez Richemont, le meilleur pâtissier de la région.

Christine parla sans cesse de son emploi du temps : « Pour moi, cette maison est tuante, il faut que je m'occupe de tout. Hier, j'étais seule. Pas de domestiques, c'était leur jour. Je suis bonne cliente chez l'épicier, je lui téléphone et lui demande de me livrer une demi-baguette et deux œufs. J'avais faim, mais pas trop. Il n'y avait rien dans le frigidaire. J'étais trop fatiguée pour me déplacer. Vous ne savez pas ce qu'il m'a répondu ? « Je vois : Madame reçoit ! » et il a raccroché. Du coup je n'ai pas dîné. En plus je ne peux rien leur dire, ce sont mes épiciers. Ah, je vous jure ! Quel pays ! » André n'écoutait pas, Thierry non plus. Ils avaient leurs propres problèmes, et d'un tout autre ordre.

En regardant Christine, Thierry avait honte de penser à André, mais Christine ne comptait plus. Petit à petit André était devenu le reflet de Narcisse. Charles-Félix demanda des nouvelles de Madame Solto. Christine fit une remarque, Thierry haussa les épaules. André paya l'addition. Ils se levèrent et repartirent pour Héricy, fiers de se trouver dans une voiture qui faisait tourner bien des têtes dont celles de l'ambassadeur Gournaud à qui, pourtant, « on ne la faisait pas si facilement ».

Marguerite, qu'Adine avait laissée s'asseoir dans le jardin des Dorival, attendait Thierry. Elle avait projeté une excursion à bicyclette pour le lendemain, jusqu'à Barbizon. C'était sa période sportive. Elle venait de « faire » les bords de la Seine : Chartrettes, Fontaine-le-Port, Beaumesnil, Pamfou. Quand Thierry et André rentrèrent de leur promenade, contents malgré tout d'être seuls, ils trouvèrent Marguerite sur le banc de pierre devant la maison, plongée dans une carte d'état-major.

Ils ne firent pas un meilleur accueil à Madame Solto qu'à Christine Le Murier et se montrèrent même franchement désagréables. « On ne vous attendait pas », dit Thierry. « Mais vous ne nous dérangez pas », enchaîna André, faussement courtois. Marguerite, qui n'avait aucun amour-propre, suivait son idée : passer la journée du lendemain avec eux. Elle supporta quelques insolences de plus sans broncher puis se décida à faire face : « Si je vous amuse, moi pas. Aujourd'hui je serai bête, laide, tout ce que vous voudrez, mais j'ai envie d'aller en forêt de Fontainebleau avec vous demain. Je m'ennuie toute seule. La maison est vide. » Thierry demanda brusquement : « Vous m'en voulez d'être beau ? » Marguerite répondit : « J'en veux à celui qui vous l'a dit avant moi. » Elle se mit à rire, eux aussi. Ce n'était pas n'importe qui, Madame Solto !

Ce mardi-là, ils partirent tous trois de très bonne heure. Marguerite avait enfourché un vélo rouge à guidon hollandais et portait sur son porte-bagages le pique-nique préparé par Théo. André et Thierry encadraient Marguerite. Ils pédalaient tous les trois de front, occupant ainsi toute la largeur de la route départementale. Ils croisèrent, devant la gare, Monsieur le Curé allant chercher Madame Jocelyne qui n'avait pas renoncé à ses habitudes et arrivait par le premier train, comme de coutume.

Ils traversèrent la Seine à Samoreau par le pont de Valvin. Ils virent des péniches ; il y en avait tout un train jusqu'à Thomery. Ils découvrirent quelques maisons étonnantes, des folies de Parisiens obsédés par le dépaysement. Ils en firent le tour, chose impossible en voiture. Des jardins compliqués, des jets d'eau, des bassins, des niches pour chiens méchants, des allées en gravier, des terrasses, des espaliers, des rosiers, des tonnelles. De vrais repaires. Le bonheur caché non loin de la capitale. D'autres résidences secondaires, d'autres vies, d'autres histoires.

Ainsi, après mille détours, ils arrivèrent au cœur de la forêt de Fontainebleau. Franchart. Les gorges sont formées par d'énormes rochers gris qui ont l'air d'avoir été jetés par hasard sur cette semoule de sable blanc. Ils se chevauchent, s'imbriquent, s'étalent à travers la nature, imposant avec majesté leur immense gravité. Ces nuages de pierre ne les retinrent pas longtemps. Ils continuèrent jusqu'à la plaine et déjeunèrent sur l'herbe, de bon appétit ; Marguerite, qui avait tout prévu, avait oublié les boissons. Il faisait horriblement chaud. Ils avaient soif, soif et soif. Thierry et André s'ennuyaient à périr. Marguerite, au contraire, s'extasiait sur la moindre herbe folle et voulut déraciner bon nombre d'arbustes pour les replanter dans son jardin.

Comme elle n'y arrivait pas toute seule et qu'aucun des garçons ne se proposait pour l'aider, elle soupirait sans cesse : « Théo me manque, il me manque, j'aurais dû l'emmener ! » Eux, ils avaient soif.

Ils rentrèrent de nuit à Héricy, épuisés. Ils n'avaient pas de phares à leurs bicyclettes et voyaient mal une route qu'ils connaissaient par cœur pour l'avoir parcourue en voiture des centaines de fois. Thierry était furieux de sa journée. Il aurait tant aimé se baigner, se reposer, lire. De plus, cela faisait au moins cinq ans qu'il n'était monté sur une bicyclette. Il n'était pas étonnant que sa colonne vertébrale le fît souffrir. André soupirait. Il attendait avec impatience le moment où il se retrouverait enfin seul avec Thierry, sans Marguerite qui lui avait, une fois encore, gâché sa journée.

« On a fait des kilomètres », dit Marguerite, contente d'elle, en déposant sa bicyclette dans le garage du château. Elle enleva les quelques plantes qui avaient remplacé le panier du déjeuner sur son porte-bagages, et respira profondément pour ajouter avec fierté : « Je ne suis pas fatiguée. »

Alors qu'elle prenait congé des garçons, Théo arriva en courant, brandissant un télégramme qu'il n'avait pas osé ouvrir. Il faisait peut-être trop sombre pour le lire, mais les télégrammes étaient si rares chez les Solto que Marguerite n'attendit pas. André prêta son briquet et Marguerite lut tout haut : « Suis désolée mais impossible ne pas te prévenir stop Tony Solto mon frère décédé stop le cœur a cédé stop triste nouvelle stop Clémentine de Ravloff-Lohengrin. »

« Nom de dieu », jura Théo tout bas. « Marguerite », appela Thierry. André fit « Oh » et Marguerite murmura, tenant la nouvelle à la main, ses fleurs de l'autre : « Je ne m'y attendais pas. Pauvre Tony il est mort sans moi. » Elle inclina la tête et fit à tout hasard un signe de croix. Elle supplia les garçons de rester dîner : « Je sais que maintenant je serai seule toute ma vie, mais ce soir, ne m'abandonnez pas ! J'ai besoin de vous, de votre jeunesse, de votre affection. Ne m'en veuillez pas, j'ai perdu mon mari. » Et elle fondit en larmes.

La scène s'était passée dans le garage, à côté de ces stupides bicyclettes. Théo, muet, était consterné. Il ne servit pas à grand-chose. Thierry et André ramenèrent Marguerite au château. S'appuyant sur leurs bras, elle se laissait porter plutôt qu'elle ne marchait.

Lorsque Marguerite pénétra dans sa maison, elle eut soudain un choc. Elle trouva les pièces glacées et sans esprit. Elle monta dans sa chambre se changer. Il y avait sur la table de nuit, à côté du lit de Marguerite, une photo de Tony, encadrée de velours vert. A l'époque, il avait une moustache, le regard perçant, les cheveux raides cachés sous une casquette pied-depoule, et un foulard autour du cou. Elle prit le cadre, l'embrassa et répéta : « Il est mort sans moi. » Elle reposa l'objet. Elle n'allait pas rester là, pantelante. Elle se voulut forte et descendit avec dignité rejoindre Thierry et André qui attendaient en silence la veuve Solto.

Quant à Madame de Ravloff, elle téléphona comme ils finissaient de dîner. Elle parla sans ménagements, donnant des détails sur la mort de son frère « qui était quand même votre mari ». Devant l'agressivité de sa belle-sœur, Marguerite reprit courage. Elle décida d'attendre le lendemain pour aller chercher le corps de son mari qui, selon ses volontés, devait être inhumé dans le cimetière d'Héricy.

C'est à Charles-Félix qu'il incomba d'accompagner Madame Solto à Paris. Il fut parfait et eut les mots qu'il fallait. Il éloigna Madame de Ravloff qui reprochait sans cesse à Marguerite son absence. « Il vous a souvent demandée. Je ne vous ai pas appelée, car lorsque je voulais vous prévenir, il me retenait. Il avait peur de vous déranger. On peut vraiment dire que c'était un saint. » Marguerite ne laissa pas échapper l'occasion de dire son fait à Madame de Ravloff. « J'aimais Tony comme une femme aime son mari. Je l'aimais à la folie, mais Tony n'avait rien d'un saint. J'ai dû me bagarrer avec lui pour tout, pour rien. Par exemple, il ne voulait pas vous recevoir à Héricy ni à Paris, c'est moi qui insistais. Le hasard a voulu qu'il meure auprès de vous, le hasard a voulu que vous soyez là, mais il ne vous aimait pas. » Clémentine se mit à hurler. Elle essaya de gifler Marguerite et Charles-Félix dut intervenir. Il maîtrisa facilement

Madame de Ravloff qui, n'ayant pas dormi depuis plusieurs nuits, en profita pour s'évanouir. Marguerite n'avait pas voulu régler un compte avec sa belle-sœur, mais elle ne supportait et ne tolérait aucun jugement sur sa vie privée. Elle aida Charles-Félix à étendre Madame de Ravloff qui murmura, encore à demi inconsciente : « Peut-être qu'elle aura aussi ma peau. » Par miracle, Marguerite ne l'entendit pas. Ce qui soulagea le malheureux Charles-Félix.

Madame de Ravloff avait toujours été persuadée que son frère était épuisé par Marguerite. Elle lui avait souvent dit : « Si tu lui passes tous ses caprices, elle t'aura, au bout du compte. » Marguerite s'amusait de l'animosité de sa belle-sœur à son égard. Clémentine n'avait qu'une passion : son frère aîné, « celui des Mecca-Solto » ; les autres étaient en Italie, l'un dans une affaire de tissus, l'autre dans les plantes vertes.

L'arrivée du corps de Monsieur Solto à Héricy fut d'une simplicité remarquable. Marguerite, prise de remords, avait décidé que l'on exposerait le cercueil dans la grande salle du château. Charles-Félix ayant envoyé des télégrammes dans toute l'Italie pour prévenir la famille, et dans toutes les stations balnéaires de France et de Navarre pour avertir les amis, ce fut une foule nombreuse qui se pressa dans le jardin, en attendant le convoi. Parmi ceux qui étaient venus, interrompant leurs vacances, il y avait Mademoiselle Le Murier, Yves Pélissier, Madame Dorival et Jeanne Carré, la jambe toujours raide. Ils se montraient de vrais amis.

La voiture s'arrêta devant la grille. Théo, au garde-à-vous, attendait. Il se permit d'embrasser respectueusement Madame Solto et échangea avec elle quelques mots à voix basse. Il avait tapissé le château de fleurs, de légumes et de fruits. Une coutume, sans doute ?

Le village entier défila dans la salle d'armes, rendant hommage à ce « monsieur si riche que l'on voyait si peu », le regretté Tony Solto. Théo avait disposé sur le linceul des milliers de petits bouquets de violettes, de narcisses, d'orchidées mauves et de roses. Un grand nombre de ceux qui pénétraient dans ce château n'y étaient jamais venus auparavant. En faisant le tour du cercueil, ils jetaient des coups d'œil furtifs un peu partout pour photographier cet « intérieur cossu et bien décoré » qui avait déjà été reproduit dans un magazine. « Ce n'est pas si bien qu'en photo », chuchota Madame Largillier, la charcutière, à Monsieur Billot, le cordonnier. Quant aux autres corps de métier, ils connaissaient déjà la « baraque » pour y avoir fait divers travaux. Certains montrèrent leurs œuvres à leurs épouses ; ils s'aventurèrent dans les couloirs et le mausolée provisoire de Monsieur Solto se transforma vite en musée-promenade.

Charles-Félix se chargea de remettre de l'ordre dans la maison et de reconduire les derniers égarés. Monsieur Pélissier l'aida. Il avait l'habitude de ce genre de situation. Méthodique, ce fut ensuite seulement qu'il convoqua le curé pour organiser, avec Madame Solto, la cérémonie du lendemain. C'était pour Pélissier le premier véritable contact avec De Vrie, qui se montra fort civil. Chose rare à cette époque pour un curé. Hollandais plus que jamais, De Vrie ne choqua personne. On commençait à s'y habituer.

De Vrie resta dîner. Il y eut beaucoup de monde. Présidait, avec Madame Solto, Charles-Félix qui avait demandé à Mademoiselle Le Murier, à Pélissier, à Madame Dorival, à Thierry et à André de se grouper autour de la veuve.

Marguerite, qui s'était reposée dans sa chambre une partie de l'après-midi, puisqu'elle avait veillé la nuit précédente et veillerait encore le soir jusqu'au matin, avait eu quelques visites. Elle avait reçu Marie-Thérèse et Pélissier séparément, puis Thierry et André ensemble. Elle n'avait rien écouté des condoléances, des mots tendres, des phrases de circonstance. C'était elle qui parlait. Elle demandait qu'on la laissât, on partait. Elle vous rappelait, on revenait.

Seule, elle soliloquait. Elle eut des crises de larmes, d'hystérie. Elle était au comble de la détresse. Elle regrettait d'avoir laissé Tony mourir tout seul, le bon Dieu la punissait à cause de Thierry, à cause de ses fleurs, à cause de son égoïsme. Elle avait demandé Madame de Ravloff. Clémentine, hagarde, avait écouté sa belle-sœur : « Il était à moi, c'est moi qu'il a choisie, il vous détestait. Il est mort pour moi. Je suis Madame Tony Solto jusqu'à ma mort, jusqu'à la vôtre. » Clémentine, toujours hagarde, était restée muette. Marguerite avait eu honte, et s'était jetée aux pieds de sa belle-sœur : « Je suis une criminelle, il est mort à cause de moi, piétinez-moi », avait-elle hurlé, en se roulant aux pieds de la sœur de Tony.

Les heures avaient ramené calme et silence dans cette maison où se retrouvaient après des semaines de séparation ceux qui hantaient le même village depuis des années, sans forcément se fréquenter.

Le dîner marqua une accalmie dans cette dure journée qui fut éprouvante pour plus d'un. Marguerite, mis à part ses affrontements avec sa belle-sœur, fit l'admiration de tous. Elle cachait son immense chagrin avec d'autant plus de mérite qu'elle était entourée de ses meilleurs amis. Elle ne s'épancha sur aucune épaule. Quand elle n'en pouvait plus de retenir ses larmes, elle s'absentait un instant et revenait les paupières gonflées, mais soulagée.

Les convives mangèrent avec décence, surveillant leurs propos. Pélissier et Marie-Thérèse ne donnèrent aucun détail sur leurs vacances, qui, à voir leurs mines, s'étaient bien passées. La famille de Tony ne prenait part à aucune conversation, elle ne parlait pas le français.

La nuit fut horrible. Marguerite veilla seule, à genoux, face à cette masse sombre de fleurs aux multiples arômes, éclairée de loin par quelques bougies. Mais la messe fut splendide.

La fille du pharmacien s'était jointe à une chorale venue de Paris pour chanter le *Requiem* de Gilles. Le sermon de De Vrie fut sobre. On craignait pire, car il y avait eu de fâcheux précédents. A la sortie de la messe, la fanfare d'Héricy, toujours dirigée par le pâtissier, entonna *la Marche pour un seul homme* de Couperin, le père pour la circonstance. Tous les commerçants s'accrochaient ferme à leurs instruments. « C'était un bon client, il ne rechignait pas à payer, Monsieur Solto. »

Marguerite accompagna jusqu'au cimetière « le

pauvre Tony ». Elle avait sur sa tête un long voile noir que le vent faisait flotter derrière elle. Une colonie de vacances croisa le convoi en chantant, et certains petits se mirent à rire. La veuve, sous son voile, pleurait. Elle était belle.

Tony enterré, la famille, avant de repartir pour l'Italie, exigea de Marguerite une visite chez le notaire d'Héricy.

Monsieur Pérou, homme courtois et cultivé, fut surpris de les voir arriver si vite après la cérémonie. Il se leva et dit à Marguerite : « Madame, il ne fallait pas vous déranger, je serais venu vous voir au château. »

Avant de procéder à l'ouverture du testament, il eut quelques mots qui firent sursauter Madame Solto. Elle s'écria : « Mon Dieu, c'est affreux, on a oublié de le prévenir. » Stupéfaite, elle regarda Charles-Félix avec horreur et tout le monde se demanda ce qu'elle pouvait bien avoir. « C'est trop tard ! et vous ne lui avez rien dit ? » Charles-Félix avait oublié d'avertir Alexandre Solto de la mort de son père. Marguerite, folle de rage, hurlait : « Homme d'affaires ! Homme à faire quoi ? » Charles-Félix se leva, « très Sciences-Politiques », marqua un silence et dit d'une voix, claire, d'un ton protecteur : « J'avais mes raisons. » Il extirpa d'une poche intérieure de son veston une lettre de Tony Solto qui commençait par ces mots : « Au cas où... » La lettre avait deux pages. En post-scriptum, une ligne mentionnait : « Et vous ne préviendrez pas mon fils Alexandre, je ne veux pas qu'il me voie sous terre, pour lui je serai donc toujours vivant. » Marguerite, ayant arraché la lettre à Charles-Félix, venait d'en terminer la lecture.

Tony expliquait : « Je lui donne tout parce que je l'aime, c'est ma femme. Je savais par Clémentine qu'elle me trompait avec Théo, puis avec d'autres. J'ai fermé les yeux, je me savais perdu. Mon médecin m'avait dit que j'en aurais pour un mois, peut-être un an… » Il avait succombé au bout d'une semaine, nourri des mensonges de sa sœur.

Le testament confirma ce que Marguerite avait lu à voix basse. Elle avait regardé Charles-Félix à la fin de chaque paragraphe ; il savait donc ce que contenait la lettre.

Monsieur Pérou, lui, souriait. Il croyait que c'était opportun. « Tout est à vous, je suis à votre disposition pour mettre en règle cet état de choses. » Monsieur Pérou se montrait affectueusement réjoui pour Madame Solto qui ne se remettait pas de la lecture qu'elle venait de faire. Pendant qu'elle pensait aux manœuvres de sa belle-sœur, Charles-Félix traduisait à la famille italienne le testament qui ne prévoyait aucune indemnité de déplacement pour l'enterrement du « grand Tony ».

Marguerite et Charles-Félix, suivis de Monsieur Pérou, reconduisirent les Italiens à la gare. Monsieur Pérou leur expliqua longuement que pour regagner Paris il fallait changer de train à Melun, de l'autre côté du quai.

Une fois que la famille de Tony fut partie, Marguerite se sentit soulagée. Elle avait ainsi accompli son devoir jusqu'au bout. Monsieur Pérou, discret, s'éclipsa : « Madame, je prépare tous les papiers, cela ne presse pas. » Il avait prononcé le mot « papier » avec délectation. Toute son importance venait de ces papiers qu'il tenait soigneusement classés dans des chemises, rangées à leur tour dans des dossiers. Chaque fois qu'un événement se produisait, qu'un problème se posait, qu'on entrait chez lui, Monsieur Pérou faisait une note qui, selon son importance était consignée sur un papier de couleur différente. Marguerite héritait d'une fortune considérable mais, si elle s'en rendait compte, ne s'en montra pas impressionnée du tout.

Charles-Félix conta l'ouverture du testament à Pélissier qui demeurait encore chez Mademoiselle Le Murier. Tous trois devisaient dans le salon du château, au rez-de-chaussée, tandis que Marguerite s'entretenait dans la buanderie avec Madame de Ravloff.

Clémentine, surprise, n'avait pas entendu Marguerite arriver. Elle tenait à la main une paire de draps brodés à ses initiales de jeune fille : C. S. Marguerite, avec un sourire forcé, attendit un instant et lui dit : « Prends cette paire de draps, elle est à toi. Tout le reste m'appartient. Maintenant tu peux t'en aller. Une femme de ton rang ne reste pas chez une traînée. » Madame de Ravloff était blême. Marguerite fut héroïque ; sans élever la voix, elle continua : « Tu faisais l'inventaire. Comme tu vois, j'aurai de quoi faire. » Clémentine écarquillait les yeux, elle pensait à tous les biens de son frère. Adossée au mur, elle aurait voulu faire pitié. Marguerite l'humiliait. Clémentine n'arrivait pas à pleurer. Elle s'y essayait en vain. Marguerite s'approcha d'elle, Clémentine lâcha les draps, Marguerite les lui fit ramasser et lui chuchota : « Il faut que tu partes. C'était mal calculé, il ne t'a rien laissé. » Clémentine, retrouvant un peu de son souffle, répliqua : « C'est ainsi que tu me remercies ? Je l'ai soigné jusqu'au bout. » Marguerite riait par saccades : « Ingrate ? Tu ne me parlais que devant témoin ? Tu ne me parleras plus ! Tu ne remettras jamais les pieds chez Madame Solto ! » Marguerite sortit et fit porter ce mot à sa belle-sœur : « N'oublie pas de changer de train à Melun, de l'autre côté du quai. »

Clémentine partit sur-le-champ. Personne ne commenta l'attitude de Madame de Ravloff. Charles-Félix se noya avec Monsieur Pérou dans mille papiers qu'ils signaient, et contresignaient avant de les faire viser par le consulat d'Italie.

Marguerite errait dans sa maison « trop grande maintenant pour elle toute seule », sans l'ombre d'un souci. Elle avait simplement de la peine.

Celui que la mort de Tony Solto perturba le plus fut Pélissier. Marie-Thérèse l'avait obligé à rentrer pour l'enterrement, ce qui lui avait gâché la fin de ses vacances. Marie-Thérèse, qui n'était pas habile, avait décidé, on ne sait pourquoi, de retourner quelques jours en Suisse pour « s'occuper un peu » du fils de Marguerite.

Pélissier ne l'accompagna pas. Marie-Thérèse voulait être seule pour parler à ce pauvre Alexandre de son père qu'elle regrettait un peu de ne pas avoir vu mourir. Cela l'aurait rendue plus intime avec Marguerite. Pélissier ne tenait pas à faire ce voyage, qu'il jugeait inutile. Il rouvrit sa maison, place du Marché. Ce qui réveilla en lui bien des souvenirs. Marie-Thérèse, avant de quitter Pélissier, lui avait dit, devant Madame Solto : « Je te confie Marguerite, je l'aime comme ma sœur. » Elle les avait embrassés tous les deux, se demandant intérieurement comment ses amis pouvaient bien vivre sans elle. Elle était fière, elle avait une mission.

Pélissier ne regretta pas de n'avoir pas accompagné Mademoiselle Le Murier en Suisse. Il s'avoua même soulagé. Ce n'était pas une personne facile, à l'étranger, que Mademoiselle Le Murier ! Elle avait de terribles manies et de nombreuses exigences : « Nous ne sommes quand même pas des sauvages pour accepter n'importe quoi », disait-elle, renvoyant allégrement et systématiquement un plat sur deux. Elle convoquait alors le gérant, le maître d'hôtel et le cuisinier et leur faisait des remontrances sur tout.

Non, les vacances, pour Pélissier, n'avaient pas été de tout repos.

Pendant l'absence de Mademoiselle Le Murier, Pélissier fréquenta assidûment Madame Dorival, qui était revenue pour la même raison que lui.

Éliane, qui aurait pu rejoindre son mari, préféra rester pour surveiller un peu sa maison et son fils. De plus, elle ne détestait pas écrire à ses amies : « Oui, je suis à la campagne, j'aime le calme, la feuille au vent. » Quand elle allait dans le jardin tâter les abricots, pour voir s'ils étaient mûrs, elle ajoutait : « Que voulez-vous, je cultive mon jardin. » Madame Dorival essaya d'entrer dans le jeu de Thierry et d'André. Elle se mêlait à leurs conversations avec une bonne volonté laborieuse et une inopportunité maladive. Thierry était son fils, il pouvait être insolent ; André, l'invité, était obligé d'être poli.

Plusieurs fois rabrouée par son fils, Madame Dorival ne tarda pas à penser qu'André avait la plus mauvaise influence sur Thierry. Elle en parla deux ou trois fois à Pélissier, qui avait la plus grande indulgence à l'égard des deux garçons.

Éliane, n'ayant plus grand-chose à dire à Pélissier, Marguerite étant en deuil, et la maison souvent désertée, elle s'ennuya vite. Privée de « contacts » avec les garçons qui étaient toujours par monts et par vaux, elle regagna Paris.

Un matin, alors qu'André faisait la grasse matinée, Thierry rendit visite à Marguerite. Madame Solto, sous un chapeau d'herbes tressées, examinait sa rocaille. Thierry mit du temps à la trouver. Quand il la vit, il bondit, sauta dans ses bras et l'embrassa. Ce n'est pas toujours facile de manifester son affection. Marguerite, ravie de voir Thierry, oublia Tony, la rocaille et tout le reste. Elle le garda un long moment dans ses bras. Ils s'assirent sur la mousse presque fraîche. Marguerite avait envie de lui. Depuis qu'elle avait perdu son mari, son homme, elle était devenue, elle s'était sentie devenir asexuée. Elle avait besoin de cet être jeune et vivant, elle qui avait vécu la mort de son mari. Elle voulait faire l'amour, par instinct, pour le contact. La tendresse du toucher.

André, qui cherchait Thierry, se promenait dans le jardin de Marguerite avec nonchalance et bonne humeur. Il se dirigea vers la rocaille ; il n'avait jamais fait aussi beau depuis le début des vacances. Madame Dorival partie avec ses reproches, le cauchemar de l'enterrement passé, André, léger, chantonnait. Au détour d'un sentier, bordé d'arbres-fleurs orange, jaune et bleu, il découvrit deux corps entièrement nus qui faisaient l'amour. C'était Thierry et Marguerite. Ils l'entendirent, ils sursautèrent. Il était trop tard, il ne pouvait faire demi-tour. Ce qu'il vit en premier ce furent les fesses de Marguerite, obscènes. Puis le sexe de Thierry, pareil au sien. Ce fut la nudité de Marguerite qui choqua le plus André. Effrayante. Ces seins, ce ventre, ces fesses, ces cuisses. Thierry qui s'était relevé, aussi étonné qu'André. Mortimer ne savait quoi dire. Il recula un peu ; il était trop près de toute cette nudité. Il recula encore, puis un peu plus. Ayant ainsi regagné le sentier, il fit demi-tour et rentra. Hagard.

Adine, voyant André bouleversé, lui dit : « Vous avez encore fait des bêtises. » Il hocha la tête, monta dans sa chambre, rangea ses affaires et partit. Il laissa dans une enveloppe un mot : « Adieu. » Il écrivit sur l'enveloppe le nom de Thierry à l'envers du sien. Adine à qui il donna un billet, lut en transparence, une fois qu'il était dans la rue, les trois mots qui se superposaient. Elle ne comprit pas.

Après le départ d'André, Marguerite et Thierry s'étaient rhabillés en silence. Marguerite avait dit :

« Quel culot », Thierry lui avait répondu : « Il ne pouvait pas savoir. » Marguerite, soudainement consciente, ajouta : « Nous non plus. »

Ils restèrent ensemble toute la journée. Thierry pensait à André, Marguerite à Tony. Madame Solto se souvenait du jour où Thierry avait succombé à ses charmes ; il avait dit : « On a bien fait. » Marguerite avait besoin de Thierry, elle se raccrochait à lui.

Thierry retourna chez lui, inquiet de l'accueil que lui réserverait André. Il trouva la lettre. Il regarda sa montre, interrogea Adine. Il avait perdu son ami. Il s'en voulut amèrement. Il aurait tellement aimé garder André dans sa vie. Au même degré d'amitié. Cette scène absurde le blessait. Peut-être ne le reverrait-il jamais plus ? Thierry se donnait bonne conscience. Était-ce vraiment de sa faute ? Il n'avait rien provoqué, ni André ni Marguerite. Il avait laissé s'organiser un semblant d'amour, s'édifier une réelle amitié. Déjà une vie, un passé à son insu.

Le départ d'André provoqua de profonds troubles dans la vie d'Héricy. Chacun chercha des raisons. Christine Le Murier pensa qu'il était amoureux d'elle. Marguerite aussi. Quant à De Vrie, il croyait André mystique. Thierry, lui, ne faisait aucun commentaire. Il était devenu un homme, il en était persuadé. Cela s'était produit trop tôt, à son gré. Le hasard avait décidé sa vie, pour lui. Et si André ne l'avait pas surpris ? Il se plut à y rêver longtemps. Il lui était difficile de se confier à qui que ce fût, il ne se connaissait pas.

Charles-Félix profita de ce que Thierry s'occupait moins de Marguerite pour rapprocher Pélissier de

Madame Solto. Marguerite émergeait de son chagrin et son commerce redevint vite agréable et sans problème. Elle ne s'habillait plus de noir, et se justifiait en se frappant la poitrine : « Le deuil se porte ici » ; ou bien : « Le noir, quand il fait si chaud, ce n'est vraiment pas possible. » Pélissier opinait, déjà complice. A la suite du décès de Tony, Marguerite eut un attrait supplémentaire. Toujours passionnée de botanique, la « femme-enfant triste » trouva, malgré son deuil, encore du temps pour jouer.

La vitalité de Marguerite faisait l'admiration de Pélissier. Comme elle avait décidé de transformer entièrement sa rocaille — ses fleurs devaient changer de mode de vie en même temps qu'elle —, Marguerite faisait venir par camions entiers d'énormes pierres qu'elle disposait selon sa fantaisie. Lorsqu'elle « composait », Marguerite convoquait toute une troupe de manœuvres ; ils transportaient, sous ses ordres, d'un bout à l'autre de sa rocaille, de gigantesques rochers qu'elle faisait basculer dans tous les sens, « pour voir ce qui conviendrait le mieux à ces malheureuses cactées chinoises qu'on n'avait guère gâtées depuis leur arrivée ». Si, une fois de plus, elle décidait de tout changer, et que les hommes, excédés, renâclaient, Marguerite se tournait vers eux, et leur disait : « Messieurs, quand on a commencé, il faut en finir. Les fleurs, c'est comme les femmes, ça n'attend pas. On ne les laisse pas en plan. »

Pélissier qui assistait à ces scènes en oubliait Marie-Thérèse Le Murier et ses terribles manies. Marguerite l'étonnait bien davantage. Elle fut pour lui d'un attrait exceptionnel. A la tombée du jour, quand elle sortait de ses serres, un sécateur à la main, elle prenait le thé avec Pélissier et lui parlait des heures durant. Il est vrai qu'ils se connaissaient peu, ne s'étant pas fréquentés du vivant de Tony ; ils avaient beaucoup de choses à se dire.

Marguerite ne questionnait pas Pélissier sur ses relations avec Marie-Thérèse Le Murier. Elle évitait même d'en parler. Ce fut d'une politique remarquable, et l'habileté de Marguerite fut largement récompensée. Il lui expliqua tout, dans les moindres détails. Marguerite riait aux éclats : « Mais le termite, c'est elle ; elle vous ronge. Ne vous laissez pas faire, c'est une dévote. » Marie-Thérèse avait effectivement besoin de se dévouer. C'était sa condition et son salut, sa raison d'être et son soutien, sa nature et sa fin. Elle avait souffert d'être un personnage secondaire, la cousine Le Murier. Elle voulait un premier rôle. Marguerite, qui avait de l'estime pour Pélissier, réprouvait sa liaison avec Marie-Thérèse. « Je crois pouvoir vous dire que vous méritez mieux. C'est une amie, mais ce ne sera jamais rien d'autre pour moi, alors pour vous... » Pélissier se demandait ce que Marguerite entendait par « ce ne sera jamais rien d'autre pour moi ». A part l'amitié de Marie-Thérèse qu'aurait-elle pu espérer d'autre ? De plus en plus, Marguerite fascinait Pélissier.

A Marie-Thérèse, qui téléphonait tous les matins pour donner de ses nouvelles, et accessoirement en demander, il répondait : « Reposez-vous bien. Ici, il ne se passe rien de spécial ; c'est un peu mort, Héricy, en ce moment. » Il s'assurait ainsi quelques jours de paix et de tranquillité. Il pourrait revoir Madame

Solto sans être dérangé et continuer ses travaux sur la grenouille sans être distrait par les réflexions de Mademoiselle Le Murier. Cette fois, il intitulerait son livre *le Sommeil de Séraphin.* Personne n'y trouverait à redire.

Lorsque Marie-Thérèse Le Murier revint à Héricy, tout avait changé. Marguerite ne lui parlait plus comme avant. Pélissier était devenu un monsieur qui prenait ses distances.

Marie-Thérèse fit un récit fort détaillé de son séjour. Alexandre n'avait pas pleuré en apprenant la mort de son père. Il avait simplement demandé si sa mère désirait qu'il rentrât. Marie-Thérèse n'avait pas eu de peine à l'en dissuader et l'avait assuré qu'elle reviendrait le voir.

Marguerite écouta le récit de Mademoiselle Le Murier sans lui prêter attention. Pélissier, qui était présent, avait voulu s'éloigner : « Cela ne me regarde pas. » Mais Marguerite l'avait retenu : « Vous pouvez rester. Cela ne présente aucun intérêt. » Marie-Thérèse, furieuse, dit à Marguerite : « Ce n'était vraiment pas la peine que j'y aille. — Je ne vous l'avais pas demandé », rétorqua Marguerite du ton le plus naturel. Marguerite cloua ainsi le bec à Marie-Thérèse qui rentra chez elle.

Marie-Thérèse était ulcérée. Elle pensa, une bonne fois pour toutes, qu' « il ne faut jamais rien faire pour personne ». Elle occupa la fin de sa journée à classer toutes les lettres qu'elle avait reçues de Tony, et pour se venger de l'attitude de Marguerite, elle les brûla dans sa cheminée.

Thierry Dorival vint faire « un brin de causette » avec Marie-Thérèse sur le coup de sept heures du soir. Il se montra très affectueux, Marie-Thérèse lui demanda des nouvelles de toute la famille et l'interrogea « sur ce garçon si beau qui était avec lui à l'enterrement ».

Thierry parla d'André pour lui tout seul. Marie-Thérèse blâma le départ de « ce garçon qui ne devait pas être si bien que ça pour s'en aller si vite. Il était quand même invité ». Elle ne pouvait pas comprendre, elle n'avait pas tous les éléments. Thierry non plus.

En revoyant le jardin de son enfance, Thierry se rappela quelques fêtes de famille qui s'y étaient déroulées. A l'occasion des douze ans de son frère Olivier, son père, voulant faire un feu d'artifice, avait failli incendier la maison de Marie-Thérèse. On avait dû appeler les pompiers de Fontainebleau. Quand ils étaient arrivés, le feu était déjà éteint grâce au concours du fermier, de l'épicier et du curé qui avaient jeté de l'eau sur le foyer. A l'époque, les Klopeck n'étant pas arrivés à Héricy, les familles Dorival, Solto et Le Murier se fréquentaient plus facilement. Thierry évoquait avec Marie-Thérèse tous les moments qu'ils avaient vécus en commun. La période des grandes vacances était la plus riche en souvenirs : les siestes obligatoires, les devoirs de vacances, les baignades. Madame Dorival avait exigé que ses enfants fassent un somme après le déjeuner. Thierry trouvait ridicule de dormir en plein jour. Il haïssait par-dessus tout les devoirs de vacances qui lui gâchaient systématiquement la matinée et mobilisaient Madame Labouret, l'institutrice d'Héricy.

Madame Labouret faisait du zèle. Elle gardait ses élèves beaucoup plus longtemps que prévu. Elle donnait aussi bien des cours de français, de latin et à la rigueur d'anglais, que des cours de gymnastique. Elle envoyait à Madame Lebesnerais, la fameuse harpiste, femme du garde-chasse, ceux qui avaient besoin de leçons de solfège. Madame Labouret disait, pour persuader les parents d'envoyer leurs enfants au cours de solfège : « Les mathématiques, ça marche de pair avec la musique, une, deux. Il faut déjà savoir compter. » Les parents, éblouis par cette démonstration, se pressaient chez Madame Lebesnerais qui n'employait pas, comme à Paris, la méthode rose, mais le livre blanc. Lorsqu'ils étaient plus âgés, les enfants revenaient voir Madame Lebesnerais. Plus pour les mêmes raisons.

Thierry ne gardait pas de Madame Labouret un excellent souvenir. Elle souriait sans cesse. Elle avait de très vilaines dents. En plus, comme elle avait trois filles à marier, plus laides les unes que les autres, elle avait organisé un cours de danse pour choisir des maris ; ce fut vite le rendez-vous de ceux qui fréquentaient à Fontainebleau, le café Marie-Laure. Les parents retirèrent leurs enfants, et les filles de Madame Labouret se marièrent, toutes trois enceintes du même homme, avec trois inconnus de bonne volonté que Madame Labouret ne trouva pas si facilement et dont elle n'était pas si fière.

Marie-Thérèse partageait en général les opinions de Thierry sur les gens du village. Ils avaient une seule et même admiration : Madame Clot. Nadine Clot, une mélomane avertie, habitait une vieille maison située à côté de celle du médecin ; le peintre Soulcy l'avait baptisée : « la violette russe ». A ceux qui se trompaient de porte et sonnaient chez elle, Madame Clot souriait, réjouie de la visite, recevait les malades dans son salon sur une musique de Vivaldi, et leur offrait une tasse de thé et de la confiture de framboises qu'elle avait elle-même confectionnée. C'était ensuite seulement qu'elle leur disait : « Mais le médecin, ce n'est pas ici. » Ils ne repartaient pas toujours tout de suite. Il est vrai qu'on se sentait bien avec Madame Clot. Aussi revenait-on, à l'improviste. Elle était toujours là, elle avait toujours quelque chose à vous dire. Elle vous donnait un livre, un objet, une boîte de chocolats. Elle avait à chaque fois une bonne raison. « Je vous dois bien ça, vous me transformez la vie. Tenez, lisez ce livre, je n'aime pas les soupes épaisses, mais ce livre est plein de poésie. Gardez-le, ce sera un souvenir de la vieille Madame Clot. Et si vous n'avez pas de place pour ranger ce livre dans votre bibliothèque, vendez-le au bouquiniste, moi je le connais par cœur. » Elle était ainsi, Madame Clot, une femme au cœur pur. Elle émouvait Thierry et Marie-Thérèse Le Murier qui étaient les seuls à la connaître vraiment bien, à l'exception de Pélissier.

Marie-Thérèse garda Thierry à dîner. Nostalgiques, mais joyeux, ils comparèrent leurs impressions sur cette petite vie d'Héricy qui leur tenait tant à cœur. Marie-Thérèse regrettait que Pélissier ne fût pas présent : « Il aurait aussi beaucoup à dire sur Héricy. » Elle soupira : « Il doit être avec Madame Solto. » Elle soupira encore : « Et c'est maintenant qu'ils se découvrent ! Il y a près de vingt ans qu'ils vivent là, sans se parler, et puis voilà, Tony meurt, ils ne se quittent plus. C'est à croire que... » Thierry se leva, interrompit Marie-Thérèse : « J'espère que vous souhaitez à Marguerite une autre fin que Pélissier ? »

Thierry aurait mieux fait de se taire. Il avait soudain oublié les relations que tout le monde soupçonnait entre Marie-Thérèse et Pélissier. Pour se rattraper, Thierry ajouta : « Ce ne serait pas si mal que ça. » C'était pis que tout. Après avoir dénigré Pélissier, il le faisait rentrer dans la vie de Marguerite. Marie-Thérèse pensa que Thierry plaisantait ; ils ne tardèrent pas à se séparer pour aller se coucher.

Dans sa chambre, Marie-Thérèse eut un moment de fureur. « Ils se servent de moi pour venir à Héricy, ils ne se connaissent pas, je les présente. Et ils m'oublient ! Ils n'ont pas de maison, je leur en procure. Et ils ne me reçoivent plus ! » Ayant mal à la tête, elle décida d'attendre le lendemain pour choisir une tactique. « Ainsi, je serai fixée », se dit-elle.

Thierry ne s'endormit pas aussi vite que Marie-Thérèse. Il ne voyait plus Marguerite. André était parti. Christine Le Murier passait toutes ses journées en « Mecca-Solto III », ou chez des amis. Thierry regrettait André ; il n'en avait pas assez profité. Il avait beau lui écrire, il ne recevait aucune réponse. Dans quelques jours, il rejoindrait ses parents pour passer le mois d'août avec eux. Rien de drôle.

Marie-Thérèse, pour récupérer Pélissier, attaqua Marguerite qu'elle rencontra chez l'épicier : « Alors bande à part ? On fait des clans ? Heureusement que Tony ne voit pas ça, il n'aimerait pas. C'était un seigneur, lui ! » Marguerite ne releva pas, elle fut cynique : « Tu peux venir quand tu veux, tu ne m'avais pas habituée à t'envoyer des cartons, mais s'il le faut... »

Marguerite rentra chez elle : « Quelle idiote cette Marie-Thérèse. » Charles-Félix proposa d'arranger les choses. « Ce n'est pas la peine, répondit Marguerite, elle reviendra bien un jour. » Charles-Félix n'insista pas. Il avait trop de travail. Il était en pourparlers avec de grosses affaires américaines qui voulaient racheter l'usine Solto.

Charles-Félix réglait les affaires de Marguerite avec un bon sens que personne ne nia. Pélissier pensa : « Il aurait dû faire l'E.N.A., il en était capable. » Charles-Félix sentait chez Pélissier une certaine admiration et cela le flattait. Non pas que Charles-Félix se leurrât sur ses capacités, mais il n'était pas mécontent qu'un homme comme Pélissier eût remarqué en lui des dons supérieurs. Lorsqu'on demandait à Charles-Félix pourquoi il n'avait pas poussé plus loin ses études, il répondait avec franchise, et pour servir d'exemple : « J'étais trop paresseux, je n'en voyais pas l'intérêt. Maintenant je le regrette, fichtre ! »

La veille du premier août, Thierry se présenta chez Madame Solto pour lui dire au revoir. Marguerite lui reprocha de ne pas être revenu la voir et lui proposa de l'emmener en voyage avec elle. Thierry répondit, amusé et sincère : « Je suis obligé de rejoindre mes parents et puis tout cela ne mène à rien. Nous devons devenir de vrais amis, et rien de plus. » Il ajouta, changeant de sujet pour esquiver une véritable explication : « Où allez-vous passer le mois d'août ? Vous n'allez tout de même pas rester ici ? » Marguerite avait ses plans : « J'irai en Suisse voir mon fils, ensuite, sans doute en Italie, à la fois pour mes fleurs et pour des affaires. Charles-Félix restera là ; il s'occupera du reste car ce n'est pas une petite histoire que de perdre son mari par les temps qui courent. »

Pélissier arriva sur ces entrefaites. Il n'avait pas l'air à l'aise, et Marguerite le remarqua immédiatement : « Que vous arrive-t-il ? » Penaud, il répondit : « C'est Marie-Thérèse. » Elle lui avait fait une scène épouvantable. Elle avait hurlé, pleuré, trépigné. Elle l'avait menacé de ne plus jamais le voir s'il retournait chez Marguerite : « Et que suis-je dans toute votre histoire ? Si c'est la guerre, il faut le dire. » Une furie.

Thierry ne disait mot ; ses regards allaient de Marguerite à Pélissier, de Pélissier à Marguerite. Marguerite dit : « Elle est impossible. Dommage, je voulais l'emmener avec moi en vacances. Elle ne viendra pas, elle n'a qu'à rester toute seule chez elle. »

Le premier août, tout le monde se quitta. Marguerite raccompagna Thierry jusqu'à Paris. Il lui laissa cette adresse : Thierry Dorival, villa La Jocelyne, Saint-Jean-de-Luz. « Vous m'enverrez la vôtre. » Ils s'embrassèrent tendrement, sans plus. Ils n'étaient pourtant pas si loin d'Héricy.

Pélissier ne fut pas reçu chez Marie-Thérèse et ne put lui dire au revoir. Comme chaque année, il allait passer ses vacances à Angoulême avec sa sœur Suzanne. Rien de changé. Seuls restaient à Héricy : Marie-Thérèse, Charles-Félix, Madame Clot, Madame Largillier, la charcutière, la fille du pharmacien et quelques autres commerçants de la rue Émile-Berthereau.

Pendant le mois d'août, Héricy vivait au ralenti. Tous les Parisiens étaient partis dans d'autres résidences, ou même à l'hôtel. De Vrie aussi était absent. Il disait la messe en Hollande, pris au piège de ses voyages organisés. Madame Jocelyne se trouvait donc privée de ses mardis. Héricy ne perdait pas grand-chose, car elle ne parlait jamais à personne. Beaucoup d'habitants avaient également quitté le village : ainsi Madame Lebesnerais avait emporté sa harpe sur la Côte d'Azur, se séparant pour un mois de son mari qui préférait la Sologne à sa femme. Malgré tous ces départs, il y resta cette année-là plus de gens que d'habitude. D'abord, l'inévitable Charles-Félix qui, exceptionnellement, inventoriait le château Solto. Puis le coiffeur ; ayant choisi d'étaler ses vacances, il laissait ouverte sa boutique durant toute la première quinzaine d'août. Cette décision révolutionnaire pour Héricy provoqua un certain remue-ménage. On venait de Samoreau, de Samois et même de Châteauroux pour se faire couper les cheveux. Ajoutez les ouvriers qui remettaient à neuf le bazar de Madame Lepeu, cela faisait du monde à Héricy.

On ne chômait pas non plus pendant que les Parisiens « se doraient au soleil ». Madame Clot faisait des confitures. Marie-Thérèse, des aller et retour entre Paris et Héricy, là-bas s'occupant de son appartement qu'elle aérait, ici de sa maison qu'elle rafistolait. Monsieur Pérou, le notaire, devait partir une semaine à l'occasion de l'Assomption, mais il avait trop le goût du mystère pour révéler l'endroit où il allait.

Charles-Félix observait. Lui, à qui rien n'échappait, s'était aperçu que Thierry avait quitté Héricy dans un état quasi second. Il aurait voulu lui parler, mais là encore l'occasion ne s'était pas présentée.

Thierry était effectivement dépassé par le cours de sa propre vie. L'amour de Marguerite s'était imposé de façon si brutale, l'amitié d'André s'était insinuée d'une manière si dangereuse qu'en renonçant à l'un et à l'autre il se sentait prisonnier de l'imaginaire. Avait-il frôlé le bonheur ? Il ne savait pas. Il ne savait plus. Il ne pouvait trouver de secours auprès de personne, sauf d'André, mais celui-ci était parti, ne laissant d'autre trace qu'une peine épouvantable dans le cœur de Thierry.

Incapable de résoudre ses propres problèmes, Charles-Félix ne pouvait rien pour lui. Ce n'étaient pas ses visites à Madame Manu, la femme du marchand d'hameçons (et parfois, dans les jours fastes, de cannes à pêche) qui lui apporteraient la solution d'une vie « qu'il n'avait pas dû prendre du bon côté »...

Pour la fille du pharmacien, ce fut un mois d'août sans précédent. Elle gardait toute seule la boutique et Charles-Félix, débordant de vitalité, venait souvent la voir.

Derrière les bocaux, une fois que l'on avait traversé le couloir tapissé de tiroirs, on trouvait une salle. Le pharmacien ne soignait jamais les piqûres de guêpe ni les morsures de serpent : « Ce n'est pas mon métier », disait-il. Il ne voulait pas empiéter sur les prérogatives du stupide docteur d'Héricy qui lui avait déjà fait des réflexions. Ce fut donc dans cette salle d'attente que Rosine, la fille du pharmacien, allongée sur le lit où les patients agonisaient en patientant, comprit qu'elle avait bien fait de garder seule la boutique de son papa pendant le mois d'août, même au risque d'y perdre sa virginité. Charles-Félix fit si bien qu'elle ne regretta rien. Charles-Félix, qui avait autant de savoir-faire que de vitalité, se remettait à l'ouvrage le soir, dans une des chambres du château Solto. Quand Rosine retournait à la pharmacie le matin, elle était comblée. Elle n'en attendait pas moins le retour de Charles-Félix. Lorsqu'il arrivait, elle fermait à clef la porte d'entrée et laissait pendre sur la poignée l'écriteau suivant : « Sonnez en cas d'urgence » ; ils ne furent jamais dérangés. Ce fut ainsi que Charles-Félix goûta pleinement les charmes d'Héricy.

Parfois il rendait visite à Marie-Thérèse qui avait toujours l'air occupé. En réalité, elle pensait à Pélissier, au cousin Albert, à Marguerite Solto. Elle regrettait de ne pas avoir la jambe raide, comme Jeanne Carré. On aurait eu au moins des égards pour elle, sinon du respect. Ce qui la soutenait, c'était l'idée « d'avoir un jour sa revanche ». En attendant, elle avait un mois pour se reposer.

Tout le monde rentra le premier septembre. Thierry avait regardé tomber la pluie sur la côte basque sans penser à André, ni à Marguerite. Il lisait. Madame Dorival était bien « remontée », elle avait vu toutes ses amies. Olivier regrettait l'Angleterre du mois de juillet et commençait toutes ses phrases par « à Londres ». Monsieur Dorival ne profita pas d'Héricy en septembre, « le meilleur mois » ; il fallait bien « que quelqu'un gagnât de l'argent pour permettre à toute la famille de ne penser qu'aux vacances ».

Quand Monsieur Dorival sortait suffisamment tôt de son bureau, il prenait sa voiture et ramenait sa femme à Héricy quand elle était venue l'accompagner. A la joie discrète de ses enfants, il se montrait toujours de très mauvaise humeur : il y avait beaucoup de « monde » sur la route, la maison était en désordre et la grand-mère, de corvée, n'avait rien compris au dîner qu'il fallait faire en cette saison et par cette chaleur. Pour mille raisons, Monsieur Dorival faisait vingt-cinq réflexions. Si par malheur Thierry expliquait que le placard à jouets était ouvert, parce qu'il avait dû y prendre quelque chose, son père lui répondait : « Cette maison est à moi, j'ai le droit d'exiger qu'elle soit bien tenue. Quand tu auras la tienne, tu feras ce que bon te semblera, en attendant... » Tout le monde connaissait la chanson et selon les attitudes des uns et des autres cela se terminait plus ou moins mal. Si Madame Dorival intervenait, son mari lui clouait le bec d'un « Tu les soutiens ? » si menaçant et si outré que Madame Dorival n'avait d'autre ressource que de consoler sa mère, « Pleure pas maman », ou de se taire. Dorival était parfois violent et très souvent injuste. Il est certain que la maison lui appartenait mais on ne pouvait tout de même pas l'accueillir à chaque fois comme le Messie. Au rythme de trois ou quatre apparitions par semaine, c'était trop demander.

Ainsi s'écoulait le mois de septembre, comme chaque année. Le charme d'Héricy s'estompait au fil du temps, comme par fatalité. Personne ne voulait sauvegarder la paix commune, le bien-être de chacun. Thierry souffrait de ces éternelles polémiques qui, pour un oui ou pour un non, perturbaient la vie de tout un chacun. Ce qui acheva de le désoler, ce fut la terrible nouvelle qui ébranla Héricy. Vingt jours avant l'automne, Marguerite trouva la mort avec son fils Alexandre dans un accident de voiture, près de Zurich.

Thierry apprit la nouvelle comme tout le monde, par le journal qui relatait l'accident en quatrième page : « La conductrice, Madame Tony Solto, femme du célèbre constructeur automobile, n'ayant eu aucune raison d'entrer en collision avec l'autocar, on présume qu'elle a eu un malaise. A l'heure actuelle le corps fait l'objet d'une autopsie à l'hôpital de... »

D'après Charles-Félix, Marguerite devait conduire la « Mecca-Solto IV », un prototype blanc, le dernier modèle de son mari. Un malaise ? Il n'y croyait pas beaucoup, elle n'en avait jamais eu. Le suicide ? Elle avait des raisons, mais elle n'y aurait pas entraîné son fils.

Monsieur Pérou vint trouver Charles-Félix : « Vous connaissez la nouvelle ? Il faut que j'y aille. J'ai eu Zurich au téléphone, j'ai parlé avec les autorités, ils demandent si je peux me déplacer. Vous pensez, en ce moment il n'y a rien en vue. Elle a laissé une enveloppe chez vous ? A moi, rien. Quelle histoire ! On était à peine sorti de la mort de son mari, et voilà ! Enfin, l'inventaire est fait. Mais il y en a qui doivent en faire, une drôle de tête, c'est la famille du côté de son mari... » Monsieur Pérou épiloguait. Bien sûr il ne pouvait pas connaître les liens qui attachaient Charles-Félix à Tony et à Marguerite, mais Charles-Félix avait de la peine. Une fin si brutale. Ce n'était pas la première fois que la mort le touchait de près, mais il eut un sentiment d'injustice. Alexandre avait vingt ans ; qu'aurait-il fait ? Qu'aurait-il donné ? Il ne méritait pas son sort.

Aucun papier ne liait Charles-Félix à la famille Solto. Depuis des années, il recevait de très grosses mensualités ; du jour au lendemain, il se trouva sans situation. Ce fut donc d'une manière fort désintéressée qu'il accepta d'accompagner Monsieur Pérou en Suisse. Rien ne l'y obligeait, qu'un profond dévouement.

C'était la première fois que Monsieur Pérou franchissait une frontière ; un événement important auquel il n'eut pas le loisir de se préparer ; le temps pressait. Il emporta des valises entières de dossiers ; Charles-Félix n'avait qu'une serviette. Il regardait Pérou d'un œil à la fois amusé et curieux. Monsieur Pérou allait enterrer Marguerite comme un boulanger cuit son pain. C'était son métier de vivre les naissances, les mariages, les décès. Ni peine ni joie !

Marie-Thérèse n'eut pas le courage de se joindre à Monsieur Pérou et à Charles-Félix. Elle en voulait à Pélissier : « C'est à cause de lui que je me suis fâchée avec elle ! » Elle connaissait mieux Alexandre que ses propres parents, qui avaient été pour elle ses meilleurs amis. Que restait-il de cette vie avec les Solto ? Des souvenirs : Marguerite courant d'un cinéma à l'autre, Tony lui posant des questions sur son aïeul, Arsène Le Murier. Elle pensait à ses voyages en Suisse ; lorsqu'elle repartait, Alexandre lui donnait une lettre à remettre à ses parents. C'était elle qui leur avait fait acheter le château. Elle avait passé avec eux bien des vacances, bien des fêtes, bien des dimanches. Elle savait tout de Marguerite, Marguerite savait tout d'elle. Elles se quittaient pour toujours, sans s'être dit adieu. Il ne resterait de Marguerite ni les fleurs de sa serre qui allaient faner sans personne pour les cueillir, ni toutes ces lettres qu'elle avait brûlées un soir, à cause de Pélissier. Marie-Thérèse ne s'en consolait pas. Elle envoya une lettre à Jeanne Carré pour lui demander de l'aider à supporter ce deuil. « Je vous invite à Héricy. Dites-moi quand vous venez, j'irai vous chercher à la gare. Venez, venez pour qu'on s'épanche. Nous devons nous rapprocher, la vie est courte, voyez-vous. »

Pélissier n'était pas triste. Il n'était pas gai non plus. A ceux qui lui demandaient « ce qu'il en pensait », il répondait : « C'est dans l'ordre des choses. On vit, on meurt, et puis voilà. » Les théories de Pélissier étaient sinistres ; on ne lui demandait pas sa philosophie. Il aurait pu vous apporter un peu de réconfort, mais non, il analysait. C'est tout juste s'il n'en tirait pas une leçon.

Madame Dorival fut plus stoïque que Marie-Thérèse. Cela ne lui était pas tellement difficile, elle ne connaissait pas aussi bien Marguerite que Mademoiselle Le Murier. Mais comme elle était plus pieuse, elle demanda à De Vrie de dire des messes pour le repos de son âme pendant deux semaines de suite. Monsieur Dorival avait plus de chagrin que sa femme, chose incompréhensible. De son vivant, il n'avait jamais porté un très grand intérêt à Marguerite : « C'est une originale qui a de l'argent », disait-il lorsqu'on lui parlait d'elle. Madame Dorival expliquait ainsi la peine de son mari : « C'était pour lui une femme-animal ; de plus elle avait indéniablement du charme. »

Le plus torturé fut évidemment Thierry, et là, Madame Dorival ne comprenait pas... « Quand ma sœur est morte du cancer il y a trois ans, et c'était quand même de la famille, tu ne faisais pas une figure pareille. » Thierry n'avait plus aucune envie de parler à ses parents ; il n'aurait plus jamais rien à leur dire.

Thierry se promena dans Héricy pendant des jours entiers sans adresser la parole à quiconque. Quand il allait chez un commerçant, tout le monde parlait de Marguerite. N'importe quel chemin lui rappelait ses promenades avec Marguerite.

L'interprétation que les gens donnaient de la mort de Marguerite le désespérait. Madame Largillier avait dit : « Elle aimait tant son mari qu'elle ne lui a pas survécu. » Le docteur, toujours aussi stupide, avait dit à ses deux filles : « Elle avait trop de vie ; vous voyez, rien ne sert de courir. »

Albert Le Murier eut une autre attitude. Il se voulut « efficace ». Il confisqua la « Mecca-Solto » de sa fille et prit une assurance sur la vie : « Si ça m'arrive, une chose pareille, il faut que vous soyez couverts. » Mais, pour de mystérieuses raisons, régnait chez les Le Murier une grande agitation. Bébette avait l'air courroucé. On ne voyait plus Christine, ce qui n'étonnait personne. Depuis le mois de juillet, on en avait pris l'habitude.

Le dimanche qui suivit, Héricy au complet assista à la messe. Madame Cornicaud de Laval demanda pour l'ambassadeur Gournaud, qui ne répétait jamais deux fois ses questions : « Madame Solto, c'était la piquée qui cultivait des fleurs dans son château ? » Thierry, qui était là, répondit : « C'était la femme de Tony Solto, le constructeur automobile, vous savez les « Mecca-Solto » ? Ces voitures qui valent cinq mois de salaire d'un ambassadeur en fonction. » Gournaud sourit ; Geneviève, piquée au vif, répondit : « Voilà à quoi ça mène, ces voitures. » Elle prenait une bien médiocre revanche sur Marguerite. On ne sait pourquoi.

Thierry reprocha à De Vrie de ne pas avoir mentionné la mort de Madame Solto. En faisant les annonces pour la semaine, il avait énuméré les messes *in memoriam*, mais n'avait eu aucun mot particulier pour Marguerite. De Vrie se défendit en disant « qu'elle ne pratiquait pas dans sa paroisse, qu'elle allait à la messe à Fontainebleau ». Thierry, outré, regarda De Vrie et lui jura qu'il ne reviendrait plus jamais dans son église. « C'est de bonne politique, Monsieur l'abbé. Cela vous est d'autant plus facile qu'elle ne peut plus vous répondre, mais vous ne l'emporterez pas au Paradis. » Monsieur Klopeck, plus gras que jamais, passa, toujours suivi de sa femme. Il serra la main du curé : « Il fait beau, Monsieur le curé. Voulez-vous faire le plaisir à Madame Klopeck de venir dîner chez nous ? » Klopeck ne s'était pas amélioré, toujours aussi vulgaire, mais cela ne gênait pas De Vrie qui dînerait le soir même chez les voisins des Dorival.

Madame de Ravloff vint de Paris, par le chemin de fer, « pour prendre la température du pays ». Elle se hasarda chez Marie-Thérèse qui la reçut avec étonnement, courtoisie et curiosité. Comme Monsieur

Pérou n'était pas là, on ne pouvait sans doute pas savoir qui héritait, demanda Marie-Thérèse, qui n'avait pas le téléphone. « Voulez-vous que j'appelle de chez les Dorival ? Charles-Félix me dira instantanément ce qu'il en est ? » Madame de Ravloff refusa l'offre. « J'ai pris une chambre à l'auberge, je ne suis pas venue pour ça, je suis venue me reposer. » Marie-Thérèse lui proposa une chambre dans sa maison. Clémentine refusa. Il lui serait plus facile d'aller chez son dentiste à Fontainebleau en habitant l'auberge. Elle ne serait pas surveillée. Elle ajouta, suprêmement diplomate, sachant que « le vent avait tourné » : « Et puis je ne tiens pas à rencontrer ce monsieur Pélissier. » Marie-Thérèse lui demanda, avec avidité : « Mais que vous a-t-il fait ? » Elle répondit vaguement : « Non, comme ça, je ne l'aime pas beaucoup. » Elle prit un temps puis ajouta : « Si vous voulez tout savoir, c'est un faiseur d'histoires, un embrouilleur de cartes. » Clémentine de Ravloff avait suffisamment parlé. Elle était dans son camp. Marie-Thérèse acquiesça : « Je ne le vois plus jamais, il m'a menée en bateau, je ne l'ai pas supporté. C'est lui qui m'a fâchée avec Marguerite, je ne le lui pardonnerai jamais. » Clémentine, qui n'avait pas digéré son éviction du château le lendemain de l'enterrement de Tony, assura à Marie-Thérèse que « Marguerite n'était pas ce que l'on pouvait croire : une égoïste, une profiteuse, une malhonnête ». Marie-Thérèse, stupéfaite, arrêta Clémentine d'un « C'était mon amie » qui n'admettait ni réplique, ni commentaire.

Charles-Félix rentra de Suisse deux jours plus tard, sans Monsieur Pérou qui profita de son voyage pour visiter Genève. Charles-Félix, qui habitait toujours le château, demanda, par l'intermédiaire du pauvre Théo, à voir Thierry.

Thierry fut la première personne, à part Charles-Félix, à pénétrer dans le château après la mort de Madame Solto. Il fut digne, solennel, important. Il connaissait le parc, la rocaille, et lorsqu'il se promena avec Charles-Félix, il ne regarda que les allées. Charles-Félix parlait avec une certaine humilité : « Vous représentiez beaucoup de choses à ses yeux, vous étiez la jeunesse, la gaieté, la liberté, tout ce qu'elle n'était plus. J'étais là par hasard, il y aurait pu en avoir un autre. Elle m'a souvent dit tout le bien qu'elle pensait de vous. Elle vous aimait. » Thierry demanda : « Mais que voulez-vous que j'y fasse ? Je n'y peux rien. » Charles-Félix pris de court, inventa une phrase que Marguerite n'avait jamais prononcée : « Elle était jalouse de votre ami André, elle m'avait dit qu'elle ne l'aimait pas. » Thierry haussa les épaules : « Je ne vois pas pourquoi. »

Marie-Thérèse les interrompit. Elle sauta sur Charles-Félix pour lui demander des détails. « C'était ma sœur », gémissait-elle. Elle était suivie de Madame de Ravloff que Thierry fit sortir. « Elle vous détestait, vous n'avez rien à faire ici. » Charles-Félix, très gêné, fut obligé de soutenir Thierry et de lui demander de partir. Pour la convaincre il ne lui cacha pas qu'elle n'avait hérité de rien, Marguerite n'ayant pas laissé de testament. Clémentine se défendit : « Mais c'est une honte, tout était à lui. Qui hérite ? » Courtois, Charles-Félix expliqua : « Elle a de la famille. » Clémentine interrompit Charles-Félix : « On appelle ça des parents ! Marguerite n'avait pas de famille, elle sortait d'on ne sait où. » Elle partit, mais Marie-Thérèse prit la relève : « Et vous Charles-Félix, qu'allez-vous devenir ? » Charles-Félix n'y pensait pas encore ; il retourna au château pour y réfléchir.

Thierry était sa propre victime. Il avait repoussé Marguerite, la vie ; la mort les éloignait pour toujours. Il regrettait André plus que jamais et chercha par tous les moyens à le joindre. Il l'eut enfin au téléphone. Il était à Paris. « Pourquoi veux-tu que je vienne ? Cela ne servira à rien. » Thierry raccrocha, la gorge serrée. Il rappela André une seconde fois quelques minutes plus tard. Ils ne se dirent rien d'autre. Thierry se sentait seul et la vie, pour lui, ne faisait que commencer.

Jeanne Carré, la jambe raide, arriva par le même train que Madame Jocelyne. A la gare, se rencontrèrent De Vrie et Marie-Thérèse qui échangèrent quelques idées en vue de la kermesse qui devait se dérouler, comme chaque année, le dimanche précédant la rentrée des classes. Marie-Thérèse y tiendrait, comme toujours, le stand du tir à l'arc.

Marie-Thérèse installa Jeanne Carré dans sa chambre : « Je te rappelle que François Ier et Napoléon y ont couché, alors tiens-toi bien. » Toutes deux se mirent à rire : elles allaient organiser ensemble un joyeux mois de septembre. Comme Marie-Thérèse l'avait écrit dans sa lettre, avec beaucoup de bon sens et peu d'originalité : « La vie est si courte... »

Grâce à Jeanne Carré, Marie-Thérèse Le Murier se

réconcilia avec Pélissier, ce qui déplut fortement au cousin Albert ; pendant la brouille il n'avait pas pavoisé, craignant « qu'ils remettent ça ». La réconciliation ne fut pas totale. Pélissier était reçu, mais on ne l'invitait pas : on lui demandait de passer s'il avait un instant. Comment ne l'aurait-il pas trouvé, ce petit moment qui recréait d'une manière quelque peu factice leur entente d'autrefois ?

Pélissier eut immédiatement une très forte sympathie pour Jeanne Carré. Alors que Marie-Thérèse le lui faisait remarquer, Pélissier s'aperçut qu'elle était sur le point de s'en offusquer. Pour effacer tout soupçon et comme pour la rassurer, il lança : « Elle me rappelle ma mère. » Marie-Thérèse acheva Jeanne Carré en prenant sa défense : « Ne la vieillissez pas ; elle a de l'allure quand même, mais il est vrai qu'elle n'est plus toute jeune et puis cette jambe... je ne peux pas m'y habituer. Ça lui donne une de ces démarches ! J'en souffre pour elle. » Marie-Thérèse se vengeait de tous ses malheurs sur Jeanne Carré qui, prétextant un oncle souffrant, avait décidé de se réfugier dans une petite maison qu'elle possédait à Clioux dans la Drôme.

Jeanne Carré invita secrètement Charles-Félix à l'accompagner : « Ce n'est rien, six heures de train. C'est si amusant les voyages en chemin de fer ! Je voyage en seconde, exprès : les gens sont tellement plus intéressants. J'y ai appris à vivre. J'ai connu le monde grâce aux chemins de fer. » Il était temps qu'elle s'en aille ; Marie-Thérèse et Pélissier l'avaient effectivement épuisée.

Madame Cornicaud de Laval, qui avait voulu rester

étrangère à toutes ces histoires, s'inquiéta, on ne sait pourquoi, du sort de Charles-Félix. Par l'intermédiaire de l'ambassadeur Gournaud, et grâce à la situation de la famille Cornicaud de Laval qui pignonnait sur rue — faubourg Saint-Germain —, le malheureux Charles-Félix fut introduit chez Guimard, le célèbre fabricant de bonbons acidulés, dont il devint le conseiller artistique.

Marie-Thérèse commenta ainsi cette promotion : « Il en a l'étoffe et j'espère que, pour une fois, il va en profiter pour se sucrer. » Sa plaisanterie, qu'elle répéta dans tout Héricy, n'eut du succès qu'auprès de l'unique Pélissier, qui pensa une bonne fois pour toutes : « Elle n'aura jamais aucun esprit. »

Il est vrai que Charles-Félix n'avait pas tiré un bien grand profit de sa situation chez les Solto, mais il ne le regrettait pas. Il lui restait quelques souvenirs. Depuis les courses automobiles qu'il avait organisées, jusqu'aux conseils d'administration auxquels il avait assisté. Lorsqu'il donnait son avis, assis à la droite de Monsieur Solto, on l'écoutait, et il avait même du poids dans un certain milieu.

Avant d'entrer dans ses nouvelles fonctions, Charles-Félix devait finir le mois de septembre dans ce château qui n'avait porté bonheur à aucun des Solto. Que deviendrait cette belle maison ? Il fallait attendre. La famille de Marguerite, des analphabètes pour la moitié, n'avait encore rien décidé. Pour finir en beauté, puisque Charles-Félix ne reviendrait vraisemblablement jamais à Héricy, où rien ne l'attirait plus sinon la maison de Marie-Thérèse, il proposa à De Vrie d'installer la kermesse dans le parc du château. De Vrie refusa : « Je ne vois pas pourquoi nous changerions nos habitudes, et puis on ne fait pas une vente de charité dans un château. » Madame Largillier, la charcutière, qui n'avait rien compris au geste de Charles-Félix, approuva son curé : « Pour une fois il a bien fait. Il ne s'est pas laissé acheter. »

Thierry, exaspéré par l'attitude du curé, se rapprocha de Charles-Félix. Thierry était de plus en plus beau, sa culture allait chaque jour s'épaississant. Ce fut une joie pour Charles-Félix de fréquenter le fils cadet de Madame Dorival, qui, soucieuse de l'avenir de son préféré, fut heureuse de l'entendre prédire : « Il ira loin votre Thierry, je vous le garantis. »

Sachant qu'il ne retrouverait jamais plus le château tel qu'il était, Thierry s'y rendit souvent, cherchant à ressusciter ce lieu où se localiseraient désormais les rêves et les souffrances, les plaisirs et les joies de son enfance. A l'ombre des arbres aux feuilles déjà jaunissantes, il revoyait Marguerite, couchée près de lui et la pensée d'André, debout près d'eux, à les surprendre, le fit frémir. Personne ne connaissait, ni ne saurait la peine qu'il avait eue lorsque, ce soir-là, André l'avait quitté. Le charme d'une tendre amitié s'était effondré à cause d'un amour égratigné au seuil de la mort.

Thierry, qui n'avait jamais regardé que lui-même, se trouvait immensément seul. Seul à Héricy, seul à côté de Charles-Félix, seul en famille. Fier de sa solitude, il apprécia la discrétion de Charles-Félix qui ne lui posa aucune question sur Marguerite Solto, ni sur André Mortimer. Ils se contentèrent de quelques allusions ; ils avaient partagé ensemble une partie du passé d'Héricy.

Pour Pélissier, Héricy n'avait pas changé. Habitué à toutes les petites transformations qu'il vivait, il regardait toujours avec le même attendrissement sa petite maison de la place du Marché. Marie-Thérèse, redevenue pour lui une amie, l'aidait à s'occuper de cette « villa » qui, tout en ne perdant rien de son cachet, avait pris une certaine valeur.

Sans vouloir spéculer, il aimait bien y penser.

Par un chaud après-midi, Suzanne, la sœur de Pélissier, eut une algarade avec Marie-Thérèse Le Murier à propos de fauteuils de jardin. Marie-Thérèse avait conseillé à Pélissier : « Prenez-les en rotin, c'est plus chic. » Suzanne s'y était opposé : « En fer c'est plus solide ! » Marie-Thérèse, sans la regarder, avait continué : « En fer, jamais ! ça fait prolétaire. » Suzanne, ayant pris la mouche, rétorqua que les fauteuils de son frère seraient « en ce qu'ils seraient, et qu'ils seraient en fer ». Marie-Thérèse interrogea Pélissier du regard ; il souriait. Encouragée, Marie-Thérèse répliqua : « Ils seront en rotin ! » Suzanne demanda à son frère de trancher : « C'est elle ou moi ? » Pélissier regarda sa sœur, navré, mais choisit le rotin. Marie-Thérèse bondit de joie et, ne dissimulant pas son plaisir, ajouta : « J'ai gagné, à bas les prolos. » Outrée, Suzanne lança : « Je ne reviendrai plus jamais ici. Tu donnes raison à cette chipie. » Elle prit son sac, ouvrit le portail et cria : « A bas les vieilles filles ! »

Pélissier, les bras écartés, au milieu de son premier jardin (que Régine, la femme de ménage, persévérerait à appeler la cour, malgré bien des remarques), regarda Marie-Thérèse et dit : « Je n'ai jamais vu ma sœur faire une telle sortie. Je crois qu'elle est jalouse. » Marie-Thérèse avait la preuve que Pélissier lui était dévoué. « C'est elle ou moi » ; elle n'en demandait pas davantage.

Charles-Félix et Thierry rencontrèrent Suzanne en allant rendre visite à Madame Clot. Suzanne les mit au courant de la scène qui venait de se produire. Elle pleurait. Thierry, agacé par les pleurs de Suzanne, la prit par le bras et l'emmena chez Madame Clot qui la consola si bien que Suzanne décida de rester quelques jours chez celle qui allait recevoir, pour mille raisons connues du ministre en personne, les Palmes académiques.

Madame Clot fut décorée dans la plus stricte intimité. Aux quelques notabilités venues spécialement de Paris, se mêlaient Thierry, Charles-Félix, Marie-Thérèse et Pélissier, stupéfait de voir sa sœur chez Madame Clot. Marie-Thérèse demanda à la sœur de Pélissier : « Alors on est revenue ? » Thierry s'interposa : « Mais elle n'est pas partie. Pourquoi, vous remettez ça, avec Pélissier, vous ? » Marie-Thérèse se leva : « Quelle insolence ! » Elle regarda

Pélissier et lui dit : « Restez si vous le voulez, moi je pars. » Il se leva à son tour, la suivit sans comprendre, et partit. La cérémonie ne souffrit pas de ce départ dont personne ne s'aperçut, sauf Suzanne qui tremblait sur sa chaise. « Elle le mécanise, et le pauvre ne se rend pas compte. Tant pis pour lui, s'il se laisse faire. Il est assez grand pour se défendre tout seul. »

Pélissier ne se laissait pas du tout faire. Il acceptait avec bonheur la tyrannie que Marie-Thérèse exerçait sur lui : « Elle me possède, elle m'aime, elle ne peut pas se passer de moi. » Marie-Thérèse n'avait cependant pas totalement regagné Pélissier. Il ne voulait qu'une amie et rien d'autre. Elle, davantage. Quand Pélissier avait envie d'aimer, il partait pour Paris, changeait de train à Melun, de l'autre côté du quai et s'en allait arpenter le trottoir de la rue de Rivoli. Parfois il se rendait tout simplement dans un établissement spécialisé. Il s'en contentait.

En repensant à son aventure avec Marie-Thérèse, Pélissier soupirait : « Elle m'a bien eu. » Il l'admirait de l'avoir pris au piège. Il n'avait rien à regretter.

Suzanne regagna Paris : « J'en ai soupé d'Héricy. » Elle oublia de remercier Madame Clot pour son hospitalité, mais cela n'avait aucune importance. Suzanne retourna dans sa petite maison d'Angoulême qu'elle se jura de ne plus jamais quitter. Elle écrivit quelques lettres à Pélissier pour le mettre en garde. « Votre Marie-Thérèse Le Murier n'est pas une personne de notre monde. Maman ne l'aurait jamais acceptée rue de Vaugirard. Héricy vous perd. Croyez-moi, je vous attends à Angoulême. » En cachette de Marie-Thérèse, Pélissier répondit à sa sœur : « Je vous promets de venir à Angoulême, mais je ne vous invite plus à Héricy. Nous aurons chacun notre vie, chacun nos habitudes. Vous avez raison, je crois que c'est mieux ainsi. Il ne faut pas chercher à justifier nos manies et nos vies, nous n'y arriverions jamais. »

La fausse humilité de Pélissier devant sa sœur était causée par son désir d'avoir la paix, de ne pas se compliquer l'existence. Pour rien au monde il ne voulait se trouver dans une situation aussi embarrassante que celle qu'il avait récemment vécue chez Madame Clot. Dorénavant, Pélissier et Suzanne s'écriraient en se vouvoyant. Ce n'en était que mieux. Chacun tenait à garder ses distances et à marquer une certaine indépendance l'un vis-à-vis de l'autre. Marie-Thérèse, pour taquiner Pélissier, lui demanda de temps à autre des nouvelles de sa sœur : « Elle ne s'inquiète pas de savoir en quoi sont les fauteuils du jardin ? Alors elle doit bouder. » Pélissier souriait. Cela lui était plus facile.

Pélissier n'aimait plus se compromettre. Rien ne le passionnait au point d'émettre une opinion avant les autres. De temps en temps il glissait un mot aigre-doux, c'était la seule audace qu'il se permettait.

Personne ne s'y attendait, mais Thierry ne fut pas étonné lorsqu'il apprit les fiançailles de Christine Le Murier avec Monsieur Jean-François Nigeon, un inconnu qui faisait ses études à Fontainebleau. Selon la rumeur, elle devait se marier quinze jours après ces promesses, peu solennelles mais si urgentes que l'on ne s'attarda pas à en expliquer la cause.

Christine attendait un enfant ; ce n'était plus un secret pour personne. Albert avait dit à sa fille, inquiète d'annoncer son exploit : « Si je t'en veux ? Bien sûr que je t'en veux, tu me fais grand-père. » Il l'embrassa et tranquillisa sa fille : « De nos jours, on a un enfant plus facilement qu'un mari, ce n'est pas très grave », et l'affaire fut classée. Le plus éprouvant pour Christine fut sa mère. Bébette fit une scène épouvantable : « Tu vas aller en Suisse. Quand on s'appelle Le Murier, on n'épouse pas un Monsieur Nigeon. Nigeon ? Veux-tu me dire ce que cela signifie ? » Christine avait répondu qu'elle était majeure, qu'elle était libre et que si sa mère prenait les choses sur ce ton, elle se marierait dans la famille de son mari, à Compiègne.

Bébette consulta Albert : « C'est de ta faute, tu leur as toujours donné le mauvais exemple. » Elle aussi savait tirer, bien qu'un peu tard, la leçon des choses. Albert Le Murier écoutait sans rien dire. Bébette, menaçante, pointa sur son mari un doigt vengeur et vociféra : « Puisqu'il faut faire face, je ferai face. Nous ferons face. Nous la marierons et elle s'en souviendra ! »

A partir de ce moment-là, les Le Murier ne s'occupèrent plus que d'une chose : le mariage de leur fille aînée. C'est la perspective de cette festivité qui avait fait éloigner les Le Murier, pour un temps, de la vie d'Héricy. Ils conciliabulaient.

Jean-François Nigeon, avec « bientôt une femme et un enfant », ne pouvait continuer ses études. Il s'entendit suffisamment bien avec Albert Le Murier pour rentrer dans les « Transports Le Murier ». Les deux sœurs de Christine, Béatrice, revenue d'Angleterre, et Nathalie, furent les premières à féliciter leur sœur. Elles pensaient : « Maintenant, si par hasard cela nous arrive, les parents ne pourront rien nous dire. »

Si Pélissier souriait en douce, toujours par commodité, Dorival commentait tout haut : « Ah ! ils les ont bien élevées leurs filles ! » Klopeck, lui, était indifférent : « Ce sera une fête. » Quant à De Vrie, il ne comprenait pas : hollandais. L'avis de Madame Largillier, la charcutière, illustra tout haut ce que les autres commerçants de la rue Émile-Berthereau pensaient tout bas : « Une chose pareille arriverait chez nous, ils ne se serviraient plus ici. Ils iraient prendre leur boudin ailleurs. » Charles-Félix avait beau leur expliquer : « Le mariage est une institution, l'amour une procréation », ils n'acceptaient pas un tel procédé chez « des bourgeois comme les Le Murier ». Madame Clot ne donna pas son avis ; elle n'était du reste pas au courant de la cause de cette nouvelle agitation qui perturbait tant Héricy. Depuis qu'elle était palmée, on la voyait de moins en moins souvent.

La kermesse eut lieu huit jours après les fiançailles de Christine Le Murier, une semaine avant son mariage. Le déjeuner de famille s'était déroulé à Paris, et aucun habitant d'Héricy, sauf la cousine Marie-Thérèse, n'y assista.

Comme chaque année, et comme elle l'avait promis à Monsieur le curé, Marie-Thérèse tiendrait bon le stand du tir à l'arc.

Ce dimanche matin, de très bonne heure, avant d'aller installer ses tréteaux, Marie-Thérèse hésita longuement : « Oserais-je le pantalon, ou pas ? » C'était à la fois pratique et convenable mais un peu cavalier vis-à-vis du curé. Elle opta pour un tailleur très strict, bon genre, qu'elle s'était fait faire par une petite couturière qui travaillait en chambre dans la région parisienne. Marie-Thérèse ne put décider Pélissier à tenir avec elle le stand de tir à l'arc. Il protestait : « Bêtement j'ai invité des amis à déjeuner, ça m'est impossible et puis je ne l'aime pas, votre De Vrie. Il a en lui je ne sais quoi de hollandais qui me déplaît souverainement. » Pélissier ne se voyait surtout pas ramassant des flèches que des galopins auraient envoyées n'importe où, pour l'unique plaisir de le voir grimper sur le toit de la salle des fêtes, tâchant de récupérer ces quelques baguettes de bois que personne n'arrivait à planter au milieu de la cible.

Madame Klopeck était au rayon Layettes. Lorsqu'un commerçant venait lui acheter des couches pour le petit dernier, elle s'exclamait : « Aujourd'hui c'est moi qui vous vends. » Et elle faisait l'article avec ironie, mais bon cœur. Madame Klopeck montrait un zèle inhabituel car son mari, qui venait d'être élu, on ne sait comment, conseiller municipal, lui avait dit : « Il faut faire une grosse recette, plus que jamais. » Sans doute voulait-il montrer le bon exemple ? En tout cas, Madame Klopeck ne cessa de se faire remarquer par des excès d'amabilité. Une femme dévouée.

Il faisait beau, le curé était content. Lors des deux messes de la matinée, il avait rappelé que la vente de charité permettrait à chacun de faire son devoir envers autrui. Un prêche pour sa paroisse.

De Vrie avait mobilisé les sœurs visitandines de Montereau qui, venues en renfort, tenaient allégrement, cornettes au vent, la queue des poêles ; elles faisaient valser en chantant les crêpes Suzette qu'elles vendaient soixante-dix centimes pièce ou cinq francs les dix. Charles-Félix, gros mangeur de crêpes, se lia avec l'une d'elles, sœur Marie de Compostelle, qui, profitant d'un instant de distraction de sa supérieure, Mère Michel, s'échappa avec Charles-Félix pour visiter le château.

Thierry, qui rêvait dans le parc de Marguerite, fut stupéfait de voir, au bout d'une allée, la silhouette bien connue de Charles-Félix flanqué d'une religieuse. Il se cacha derrière un bosquet, les laissa passer. Thierry n'entendait que la voix de Charles-Félix : il racontait la vie de Marguerite Solto.

Pour faire drôle et pour choquer une foule stupidement endimanchée, Thierry retourna à la kermesse et annonça : « Sœur Marie a disparu. » Personne ne la connaissait, mais cela provoqua une certaine émotion. Alors que Thierry se tordait de rire, la supérieure du couvent vint le trouver : « Avez-vous vu mon enfant ? » Thierry demanda : « Vous avez perdu votre enfant ? C'est un garçon ou c'est une fille ? » La supérieure précisa : « Sœur Marie de Compostelle. » De Vrie, gêné vis-à-vis de Thierry qui ne lui parlait plus depuis la mort de Marguerite, intervint. « Où est-elle ? » Thierry toisa De Vrie et répondit tout naturellement : « Elle est chez moi, elle prend le café avec mes parents qui l'ont invitée. » La supérieure demanda à De Vrie de l'accompagner. Ils coururent tous deux à travers Héricy jusque chez les Dorival. De Vrie était furieux d'abandonner sa kermesse, mais il ne pouvait se dispenser d'accompagner la mère supérieure chez ses paroissiens, les Dorival.

La cloche sonna. Adine cria machinalement : « Entrez. » Quelle ne fut pas la stupeur de Dorival en voyant pénétrer chez lui le curé d'Héricy avec une religieuse, un jour de kermesse. Les chiens de Dorival, deux chihuahuas, aboyèrent et s'accrochèrent à la soutane du pauvre De Vrie, excédé mais obséquieux, vu les circonstances. C'était la première fois qu'il « rendait visite » aux voisins des Klopeck. De Vrie, à peine entré dans le jardin, eut un sursaut. Madame Dorival, allongée nue sur une chaise longue, prenait un bain de soleil. Elle profitait de ce que ses enfants étaient sortis pour faire de l' « intégrale ». C'est-à-dire, que pour mieux se bronzer, elle avait enlevé tous ses vêtements, jusqu'aux lunettes de soleil. En apercevant De Vrie, elle s'affola. Il n'y avait rien autour d'elle pour cacher le plus important aux regards du curé et de la religieuse, dont l'effarement était à son comble. Éliane Dorival bascula de la chaise longue sur laquelle elle s'était assoupie et courut vers la maison, se protégeant, comme elle pouvait, de ses deux mains grandes ouvertes. Dorival, pour faire diversion, assura le curé que « sa femme et lui comptaient aller à la kermesse tout à l'heure ». La religieuse, atterrée du spectacle offert à ses yeux, demanda sommairement : « Mais où est-elle ? » La religieuse pensait à sœur Marie, et Dorival à sa femme, qui venait de partir. Sans comprendre, il montra du doigt une des fenêtres du premier étage et dit : « Dans cette chambre. » La mère supérieure renversa presque Dorival, monta l'escalier, ouvrit une porte, ce n'était pas la bonne, une autre, ce n'était pas celle-là non plus, une troisième et se trouva nez à nez avec Madame Dorival encore nue, choisissant, dans un tiroir de sa commode, une combinaison. « J'allais descendre », expliqua Madame Dorival en se retournant, les yeux écarquillés. « Madame, c'est une honte ! » hurla la supérieure. « Vous êtes dans ma chambre, fit remarquer Éliane Dorival enfilant un peignoir. Je vous prie de sortir. » Dorival était monté à la suite de la religieuse, suivi de De Vrie. Quand ils se retrouvèrent tous quatre dans la chambre d'Éliane Dorival, ils purent enfin s'expliquer. « Je cherchais sœur Marie de Compostelle. » De Vrie s'excusa : « Il faut que je retourne à la fête. A tout à l'heure ! » Il pouvait se permettre le : « A tout à l'heure », après ce qu'il avait vu ; il était on ne peut plus intime.

De Vrie et la mère supérieure retraversèrent le village, étonné de voir son curé se promener un jour comme celui-ci.

Quand ils rentrèrent, ils trouvèrent sœur Marie de Compostelle, fidèle à son poste : « Où étiez-vous ? — Là, ma mère ! répondit l'ingénue. — Ne mentez pas je vous ai cherchée. — Je suis allée au château me panser. Je m'étais brûlé la paume de la main. Puis je suis revenue. Le tout n'a pas duré plus d'un quart d'heure. — Nous verrons ça », promit la supérieure, ulcérée.

Profitant de l'absence du pâtissier-chef d'orchestre, en vacances sur les côtes bretonnes, Madame Lebesnerais dirigeait la fanfare d'Héricy. Elle interrompit la mère supérieure qui dut écouter avec une attention suprême *L'Hymne à la Joie* de Couperin frère, cousin de Couperin fils, le compositeur chéri qu'on gardait en réserve pour les circonstances plus solennelles.

Monsieur Pélissier vint faire un tour avec ses invités au moment que tout le monde attendait : la tombola devait être tirée sous les yeux de Monsieur Pérou, également titulaire du comptoir des « Plantes vertes ». Il cumulait ainsi pour toutes les fautes confessées que De Vrie lui avait pardonnées et pour mériter l'indulgence de ses futurs péchés. Il faut dire qu'il y allait un peu fort, De Vrie, avec ses pénitences.

Le sort voulut que personne ne fût satisfait. Le premier prix, un voyage de huit jours en Hollande, ne fut attribué à personne, le billet n'ayant pas été vendu. Le second prix échut à Madame Lebesnerais qui, habitant dans le village une maison sans jardin, dut céder son poids d'oignons de tulipes contre deux bidons d'essence que Madame Clot, sans voiture, venait de gagner. Chacun s'arrangea au mieux, car tous pensaient comme Madame Largillier : « La charité c'est très bien à condition d'en tirer profit. »

Pélissier se montra très grand seigneur dans les stands où l'on pouvait s'amuser. Il lança des flèches chez Mademoiselle Le Murier, tira à la carabine chez le pharmacien. Il dépensait apparemment sans compter l'argent qu'il s'était réservé pour la fête, rendant visite, très protecteur, à tous ceux qui contribuaient à rendre cette kermesse gaie, joyeuse et rentable. La bonne volonté un peu forcée de Pélissier agaça Thierry qui observait aussi Madame Cornicaud de Laval, venue avec l'ambassadeur Gournaud, acheter des taies d'oreiller au rayon de Madame Klopeck.

Madame Cornicaud de Laval faisait exprès de s'extasier sur tout. Elle flatta les plantes vertes de Pérou, admira le stand de Marie-Thérèse et essaya même de bander un arc qui éborgna un malheureux petit enfant qui passait par là. Elle n'était pas très adroite, Madame Cornicaud de Laval. Elle renonça au tir à l'arc et par autorisation spéciale de Mademoiselle Le Murier envoya les flèches à la main. Elle avait l'air stupide, mais sa gaucherie n'enlevait rien à sa classe, bien inutile en un pareil endroit. L'ambassadeur Gournaud fumait un gros cigare ; il avait l'air content.

Thierry retrouva Charles-Félix alors qu'une bataille de confetti faisait disparaître les restes de la fête sous une nuée de serpentins colorés que les enfants du village envoyaient dans tous les sens, hurlant leur joie devant une telle pagaïe. Madame Klopeck avait fait un bon chiffre, Marie-Thérèse une bonne action, les autres la charité. Thierry fit remarquer à Charles-Félix que ses parents n'étaient pas venus honorer, comme chaque année, la vente du curé. Ils devaient être fâchés.

Les Dorival étaient tout simplement hors d'eux. Quand Thierry rentra il reçut une gifle monumentale et fut obligé, à son âge, de monter se coucher dans sa chambre, sans dîner.

Thierry obtempéra. Le lendemain ses parents devaient s'absenter jusqu'au dimanche suivant, jour du mariage de Christine Le Murier, ensuite il aviserait.

Thierry décida, une fois de plus, mais définitivement, de ne plus jamais revenir à Héricy. Il s'y ennuyait. Il n'y avait aucun ami, tout était devenu compliqué, tout était autre. La fête qui s'achevait n'avait aucun rapport avec celles d'autrefois. Il se souvenait de la salle des fêtes quelques années plus tôt, lors de la distribution des prix. Les enfants du village y jouaient des pièces de théâtre, chantaient en groupe des chansons, composaient d'admirables tableaux vivants. C'était du temps de l'ancien curé, le chanoine Léger, un saint homme, plein d'humour. Il y avait aussi une autre municipalité. Le maire n'avait pas accepté au conseil municipal de Parisiens, en tout cas Klopeck n'y siégeait pas encore. C'était du temps où les nouveaux riches étaient moins riches. La Rue-Grande n'était pas ce qu'elle était devenue : un étalage indécent de voitures aux couleurs trop vives, débordant du trottoir sur la chaussée. On s'amusait vraiment à Héricy. Un jour comme celui-ci se serait passé autrement. Tout le monde aurait participé à la course au trésor. Le dîner qui suivait généralement la kermesse n'avait pas eu lieu. « Cela compliquait trop », avait expliqué De Vrie. Décidément ce n'était plus comme avant.

Il n'y avait plus de fête foraine. Le maire avait interdit aux Gitans d'installer leurs roulottes. Cela faisait cinq ou six ans que le petit cirque ne venait plus pour la « fête des feuilles ». Le cirque Fanny était le seul à posséder un chapiteau aussi petit et si peu de personnel. Il y avait deux clowns, « Vanille » et « Chocolat ». Monsieur Loyal, que l'on appelait Monsieur Roger, faisant office tout aussi bien de dresseur de lions, de jongleur, et de caissier. C'était le partenaire de Mademoiselle Nora, sa femme, qui était à la fois écuyère, équilibriste, et chanteuse quand elle connaissait son public et qu'on le lui demandait.

Thierry avait de la peine. Puni, enfermé dans sa chambre, il ne pourrait pas aller parler à Charles-Félix, errer dans le parc du château de Marguerite, rôder autour des débris de la fête. Monsieur Dorival lui avait dit : « Monte dans ta chambre, tu en sortiras quand on te le dira. » Avant de trouver le sommeil, Thierry entendit quelques réflexions de sa mère, des bribes de semi-réponses de son père. Rien d'autre que des remarques insensées sur son éducation éternellement en cause. Thierry colla son oreille au plancher ; il sentit le contact de son corps contre la cire. Il était nu. Il se frotta doucement d'avant en arrière, le long des lattes. Cela lui fit du bien. Au-dessus de la tête de ses juges, pensant à Marguerite et à André, il se mit à jouir.

Lundi matin, les parents de Thierry vinrent le réveiller et l'obligèrent à prendre le petit déjeuner avec eux. Dorival regardait sa montre et avalait en vitesse des tartines que sa femme lui beurrait consciencieusement, mais trop lentement à son gré. Le café était brûlant, Éliane, voulant se hâter, renversa une tasse sur la nappe. Dorival dit à Thierry : « Tu ne vas pas te recoucher, tu vas tondre le gazon, il en a besoin. J'ai demandé à Olivier de peindre la porte du garage ; veille à ce que cela soit fait, et qu'il nettoie les pinceaux. » Éliane regarda son mari ; il avait déjà quitté la salle, emportant deux grands sacs de voyage. Elle courut le rejoindre. Thierry entendit claquer les portières de la voiture, un bruit de moteur. Soulagé, il retourna se coucher.

Dans le lit d'André, Olivier dormait encore lorsque Thierry se réveilla pour la deuxième fois de la matinée. A midi, le facteur sonna, il faisait une collecte pour la fanfare d'Héricy. Thierry apprit par le facteur que le château de Marguerite allait être acheté par la municipalité d'Héricy qui revendrait à Klopeck une des parcelles du parc. Olivier, qui n'avait rien de commun avec son frère, ne comprit pas la triste fureur de Thierry. Olivier ne pouvait pas comprendre. Il n'avait pas vécu à Héricy. Il ne pensait qu'à ses avions téléguidés, à ses études et au sport. Un petit univers suffisant. Olivier n'appréciait que ses propres performances. La grâce de Thierry ne le touchait point. Il admirait la réussite de son père, les amies de sa mère et sa future situation avec une famille.

Thierry, devant la stupide indifférence de son frère, n'eut recours qu'au malheureux Charles-Félix qui avait appris son expropriation le matin même par Monsieur Pérou. Ils étaient tous chez Marie-Thérèse Le Murier qui, toujours prête à partir, envisageait d'aller en Italie fléchir une famille qu'elle n'avait vue « ni de près ni de loin ». Pélissier, plus réaliste, suggéra de faire classer le château par les Beaux-Arts, au plus vite. Marie-Thérèse avait faim ; elle proposa à toute sa petite assemblée d'aller déjeuner dans un endroit neutre.

Monsieur Pérou n'était pas très à l'aise, on lui avait reproché de ne pas avoir prévenu le « clan » alors qu'il était encore temps d'agir. Il essayait de se défendre en se donnant de l'importance, tout en montrant sa bonne volonté : « J'avais reçu l'ordre de ne rien dire, c'est le secret professionnel. J'en étais malade. » Personne n'en croyait rien, mais il était trop tard pour lui faire des remontrances, d'autant plus qu'il pouvait aider Charles-Félix à garder plus longtemps le château.

Le déjeuner de « la Vanne Rouge » ne servit pas à grand-chose. Marie-Thérèse avait insisté : « Je veux bien aller en Italie parlementer avec la famille de Marguerite, je saurai m'y prendre. » Monsieur Pérou l'avait arrêtée. « Les papiers ont déjà été signés. » Il n'y avait plus rien à ajouter. Pérou fut jugé comme un traître et pour se rattraper, il jura de faire traîner l'affaire.

Seul Charles-Félix avait eu une attitude convenable. Digne, il respectait le destin. Pour lui, Héricy s'achevait là. Il n'essaya pas d'en dégoûter Thierry mais il lui expliqua : « Quand je retourne le soir au château, je sens la mort autour de moi. »

Thierry, à l'idée que le parc de Marguerite serait partagé, et que Klopeck en posséderait une partie, ne décolérait pas. La seule joie qu'il en retira fut d'annoncer la nouvelle à son père.

Dorival regarda sa femme : « L'argent va à l'argent. Avec le mariage que Klopeck a fait, il peut s'en payer, du terrain. » Éliane Dorival, qui croyait que son mari lui faisait un reproche, répondit : « Je n'avais pas de dot, mais personne ne t'a forcé à m'épouser. » Dorival injuria sa femme. Les chihuahuas aboyèrent, la pendule sonna minuit. Dorival monta dans sa chambre. « Demain on part de bonne heure. Éliane, tu ne comprendras jamais rien. » Éliane hocha la tête, effondrée sur sa chaise : son fils, Thierry, avait provoqué un véritable drame bourgeois.

Thierry jugea ses parents pour la première fois. La vie de famille, les contraintes du bourgeois bien-pensant, les critères de réussite sociale, les bases mêmes de son milieu lui faisaient horreur. Il avait le temps de vivre, la volonté d'être autre, il s'y emploierait. Thierry avait soif de grand air, de silence, de poésie, d'amour. Contrarié par ses parents, contrarié par la mort de Marguerite, contrarié par André qu'il avait perdu, il trouvait dans son propre isolement la force de changer. Son désir d'échapper à l'excessif instinct possessif de ses parents (« tu feras ce que je te dirai et rien d'autre ») lui fit entrevoir la liberté. Il finirait ses vacances à Héricy, pour s'en dégoûter, et en profiter une dernière fois. Les dimanches d'octobre, de novembre, de décembre, les dimanches d'hiver, les dimanches dans le froid, il ne les connaîtrait plus. Les dimanches bourgeonnant, les dimanches d'invités, il ne voulait plus en entendre parler. Les dimanches d'été, pressé sur les routes de l'aller, les routes du retour encombrées, bouchées, il y renonçait. Il renonçait au campeur venu laver sa voiture au bord de la Seine ; il renonçait à ce signe extérieur de richesses, qui ne lui appartenaient pas : la résidence secondaire.

Il n'irait plus cueillir le muguet en famille dans cet endroit que seule sa famille se vantait de connaître. Il n'ouvrirait plus les portes du garage où étaient entassés depuis des années sa voiture à pédales, son tricycle, sa bicyclette, ses jouets d'enfant. Il ne descendrait plus à la cave tirer le vin que les Dorival recevaient d'Aubussargues — c'était comme par hasard, là, et nulle part ailleurs, qu'il y avait du bon vin. Il renonçait à son enfance, à son histoire, à tout ce qu'il aimait. Il abandonnait Héricy.

Il ne dirait au revoir à personne, cela porte malheur. Le petit cirque ne lui avait pas dit adieu. Sans faire d'histoires, il n'était pas revenu. Marguerite, Marguerite non plus. Alors Thierry partirait sans faire d'histoires. Il aurait à lutter avec ses parents pour échapper à la campagne, mais il imposerait son droit de ne plus revenir. Il serait libre.

Ce n'était pas sans tristesse que Thierry prit ces résolutions. Il s'y était décidé d'un seul coup, mais depuis longtemps montait en lui l'écœurement. Ce fut donc avec indifférence qu'il attendit le mariage Le Murier, auquel il avait été convié. Le faire-part ne lui avait pas été adressé en propre. La bourgeoisie ne tire aucun profit des petites économies, mais si les calculs n'enrichissent personne, ils permettent de « savoir où on va ». C'est ainsi que Bébette, de sa large écriture, avait envoyé une seule enveloppe à la « Famille Dorival », qui offrit en cadeau de mariage à Monsieur et Madame Jean-François Nigeon une des dix soupières en métal argenté que la malheureuse Christine reçut dans la semaine.

Christine, qui n'était pas particulièrement originale, voulut prouver qu'elle avait de la personnalité et du caractère. « Je vous fais la surprise de la robe. »

Bébette, très sûre des goûts de sa fille, ne se préoccupa pas outre mesure. Albert, lui, était trop occupé par la réception pour avoir la moindre curiosité. Il avait une jacquette, il la mettrait et donnerait généreusement son bras à l'aînée des Le Murier pour la conduire à l'autel. Seule, la couturière de la famille avait essayé de raisonner Christine qui n'écouta rien et n'en fit qu'à sa tête.

Midi. Les cloches sonnaient. De Vrie était en transes. Il attendait sur le parvis devant une foule d'inconnus chapeautés. La population d'Héricy, préférant rater l'entrée mais être assise, était à l'intérieur, papotant ferme. Midi dix, les mêmes toujours aux mêmes places. Seul De Vrie avait fait quelques aller et retour : parvis, sacristie, sacristie, parvis.

Enfin elle arriva. De Vrie, entouré de ses meilleurs enfants de chœur, sursauta. Une fidèle, Madame Decourt, la femme du menuisier, s'évanouit. Au bras d'Albert Le Murier, plus beau que jamais, fier malgré tout, se tenait Christine, insolente et sûre d'elle, portant avec ostentation un ventre de plusieurs mois qu'elle avait résolument moulé dans une robe de mousseline rouge. Christine, sous un voile assorti à la robe, avait laissé flotter ses cheveux noirs. Elle était incontestablement superbe. Suivait Bébette, terrorisée ; elle avait honte et ne donnait le bras à personne, essayant de sourire. Elle, qui aurait tué sa fille deux heures auparavant, fut satisfaite de son entrée. Regardant les têtes de l'assistance étonnée, puis réjouie du divertissement, Bébette changea d'humeur. Brave, elle serra la main à De Vrie, qui se demandait si la tenue de l'impétrante ne lui permettait pas d'annuler la cérémonie. Marie-Thérèse, au banc de la famille, n'en croyait pas ses yeux. Elle se tourna vers l'autel, écarlate. Elle chuchota, au comble de l'effarement : « Ils sont devenus fous, je vais la renier, vite fait, bien fait. » Pélissier, invité à la dernière minute, était au fond de l'église, levant les yeux au ciel, haussant les épaules ; certains dirent même qu'il eut une crise de tics. Madame Lebesnerais, radieuse, faisait courir ses gros doigts dodus à toute allure sur l'harmonium. Elle rattrapait le retard qu'elle avait pris. Dans l'affolement général, on avait oublié de la prévenir. Elle s'arrêta au Kyrie. Un enfant hurla : « Je veux voir le Père Noël. » Des hirondelles volèrent d'un vitrail à l'autre. Madame Clot se recueillait. Les commerçants de la rue Émile-Berthereau, outrés, avaient, pour la plupart, regagné leurs magasins. Charles-Félix, à côté de Thierry, ne pensait pas. Il attendait l'après-midi pour briller. Madame Dorival, plongée dans son missel, n'écoutait pas son mari qui répétait : « Ah, ils l'ont bien élevée, leur fille ! » Olivier n'était pas venu : « Ça ne m'intéresse pas, ce ne sont pas mes amis. »

Il y eut beaucoup de monde à la communion, De Vrie dut partager les dernières hosties. Ceux qui n'étaient pas invités au « lunch » voulaient voir de près la mariée. Elle souriait, éclatante de beauté. Le malheureux Jean-François Nigeon passa un peu inaperçu.

Christine traversa le village à pied. Le cortège était pris en photo par un ami de Charles-Félix qui avait réservé un emplacement dans les journaux du lendemain matin. Bébette soupirait : « Heureusement que ce sera en noir et blanc. Quelle idée ! » Albert souriait plus que jamais. Il paradait devant tout Héricy, étalant sa bonhomie et sa jovialité. Éliane Dorival avait la plus grande capeline ; Pélissier le costume le plus sombre.

Le Murier avait fait planter, au beau milieu de son jardin, une gigantesque tente rayée bleu et blanc. Mesdemoiselles Le Murier avaient obtenu de leur père qu'il installât plusieurs petites tables. Le Murier n'avait pas accepté immédiatement : il aimait l'unique table de banquet, cela facilitait les discours.

Thierry ne fut pas à la table de Christine. Il était avec ses parents, Charles-Félix, Pélissier et Madame Clot qui pénétrait pour la première fois de sa vie chez les Le Murier. Les Klopeck avaient rejoint les Cornicaud de Laval, qui n'attendirent pas le dessert pour s'éclipser. L'ambassadeur Gournaud avait invité un ministre chez lui, il voulait être là pour le recevoir. Le départ de Madame Cornicaud de Laval ne fut pas aussi discret qu'on l'aurait souhaité. Elle était fière de fréquenter un membre du gouvernement qui tutoyait le président de la République.

Le café fut servi par un Noir. Rien de plus chic. Le Noir, c'était José, le palefrenier. Il s'occupait des chevaux, du jardin, et un peu d'Yvonne, la cuisinière. Elle avait soixante ans, lui, trente. Tout crépu, le palefrenier des Le Murier, ancien cireur à Las Vegas, avait des qualités. Il nageait jusqu'à Samois, cinq fois de suite, sans s'arrêter. Il plongeait cent fois différemment, cent fois mieux que les autres et de si haut qu'Yvonne, la cuisinière, en frémissait. Le Murier savait qu'entre son palefrenier et sa cuisinière il y avait quelque chose. Mais il avait dit, une bonne fois pour toutes à sa femme, qui lui demandait d'y mettre le holà : « Il faut que le peuple s'amuse. J'aime ça. » Depuis, il avait fermé les yeux. Il n'avait pas eu tort. Bien que Le Murier, les yeux fermés, fût très laid : une grosse fouine.

José, ce jour-là, était intimidé. D'habitude personne ne lui parlait, sauf Yvonne. Les filles du village ne lui avaient jamais dit un mot. On le regardait bizarrement. C'est tout. Il faut dire qu'en province, à cette époque, on ne savait pas ce que c'était, un Noir ! Madame Lebesnerais, raciste jusqu'au bout des ongles, ce qui est un handicap pour une harpiste, avait appris, à ceux qui prenaient des leçons de solfège : « Une blanche vaut deux noires. » Cela s'était vite su dans le village et personne n'adressait jamais la parole à ce pauvre José, qui se consolait comme il pouvait avec Yvonne, le cordon-bleu.

Le Murier était décidé d'être royal, tous s'extasièrent. Marie-Thérèse admirait son cousin : « Cette fois-ci, il a mis le paquet. » Aux amis de la famille, Le Murier avait mêlé ses meilleurs clients, qu'il voulait épater.

Dorival critiquait tout : « Ce sont vraiment des parvenus. » Éliane, qui avait toujours eu le goût du faste, répondait : « Ils la marient, ça n'arrive qu'une fois dans la vie, autant s'en souvenir. » Le Murier fit le tour des tables, trinqua avec les Klopeck qui n'avaient trouvé personne pour remplacer les Cornicaud de Laval, et leur dit : « Vous voyez, Le Murier, quand il fait les choses, il les fait bien. Je ne lésine pas. » Albert était heureux, il parlait de lui à toutes les personnes du singulier et du pluriel. Il se conjuguait ; c'était le jour ou jamais, il était à la noce. C'était lui qui mariait.

Thierry fut un moment seul avec Christine. Elle riait de sa robe : « Je les ai bien eus. » Thierry la retrouvait. Christine aussi. Un moment émouvant pour chacun. Christine prit la main de Thierry, qu'elle posa sur son ventre : « Cela ne nous empêchera pas de nous voir comme avant. Je ne suis pas mariée... » Elle avait prononcé cette phrase presque gaiement, sincère. Thierry la regarda, elle n'allait pas s'attarder. Elle posa un baiser sur la joue de Thierry qui pensait : « Elle n'a vraiment aucune moralité. » Elle retourna auprès de son mari qui trinquait gauchement avec Madame Clot et Pélissier qui guettait du coin de l'œil Marie-Thérèse Le Murier, en grande conversation avec Albert.

Marie-Thérèse était furieuse. Elle donnerait sa maison à n'importe qui, même à une œuvre, mais elle ne laisserait rien à sa nièce. Les propos de Marie-Thérèse navrèrent Albert que les principes de sa cousine étonnaient ; il tâcha de la faire revenir sur sa décision : « Tu cherches des prétextes, en réalité tu ne nous aimes pas. Tu détestes ta famille. »

Albert avait mal calculé. En reprochant à Marie-Thérèse de faux préjugés, il lui donnait l'avantage de l'offense. Personne ne pouvait nier la bonne volonté de Marie-Thérèse ; Albert l'outrageait. Elle le regarda, se redressa sur son fauteuil, vérifia que son chapeau tenait bien sur sa tête, posa la main sur celle d'Albert et dit : « Maintenant c'en est assez ! » Elle se leva, respira profondément : « Désormais ma porte vous est fermée. Ma maison n'est pas à vendre. Je vous dis adieu. »

Pélissier ne pouvait décemment rester. Il avait été invité pour Marie-Thérèse. Sans elle, il n'avait rien à faire chez les Le Murier. Il s'excusa auprès de Madame Clot, alla féliciter une dernière fois les mariés, cela se fait, et remercia Albert Le Murier, qui le prit à part : « Vous savez Pélissier, vous avez un rôle à jouer. Je ne veux pas être fâché avec Marie-Thérèse. Non pas que je sois partisan de la paix à tout prix dans la famille, mais, elle, je l'aime bien. » Il se croyait subtil. Pélissier hocha la tête : « Ça ne me regarde pas. »

Pélissier rejoignit Marie-Thérèse. Étendue sur une chaise longue, elle tricotait fébrilement pour se passer les nerfs. Elle terminait un ouvrage que Madame de Ravloff avait commencé. Marie-Thérèse prit Pélissier à témoin : « J'ai bien fait, non ? Je ne les intéresse que pour ce que je représente. Ils y vont fort. Ce n'est pas pour la couleur de cette robe bien que… mais il y a des limites. » Dans l'affolement de sa péroraison, elle tutoya Pélissier : « Tu verras, j'aurai le dernier mot. »

Thierry ne s'attarda pas non plus. Bébette avait un

cercle d'intimes autour d'elle, il n'en faisait pas partie. Albert s'occupait de tout, veillant à ce que l'on servît à boire. Il passa devant sa fille et lança à la cantonade : « C'est elle qui régale, une fois n'est pas coutume. Consommez, elle ne vous a pas attendus. » Le Murier aimait être délibérément grossier ; ça le rajeunissait. Cela lui rappelait le régiment. La grosse plaisanterie. Celle qui fait rougir de honte la famille et amuse tant son auteur.

Albert fit visiter son jardin, son écurie, sa maison. C'était sa propriété. Il monta même sur le toit du garage, et se tournant vers ceux qui l'accompagnaient, dominant la foule de ses convives, il dit : « Ce sont mes invités. » Il était fier de cet envahissement. Il mesurait sa popularité au nombre de voitures rangées le long de la Seine. Il y en avait deux rangées sur plus d'un kilomètre. Il fit le compte des bouteilles vides, la fête était vraiment réussie. Il chercha sa fille, la prit par le bras et lui demanda : « Viens une seconde avec moi, on va chercher Marie-Thérèse. » L'idée ne l'enchantait pas mais elle devait bien ce petit sacrifice à son père. Elle se pavana donc à son bras, pour la seconde fois de la journée, toujours avec la même arrogance.

Marie-Thérèse avait laissé sa porte ouverte. Elle tricotait toujours. Pélissier était au bout du jardin. Il essayait de capturer les quelques grenouilles qu'il observait depuis le début de l'été. Christine surprit sa tante. Albert avait à la main une coupe de champagne. Ils s'embrassèrent tous les trois. On ne se marie qu'une fois. On n'a qu'une famille. A bon chat, bon rat.

Le retour de Marie-Thérèse, suivie de Pélissier, fut applaudi par le petit cercle qui entourait Bébette. Thierry parlait à ce moment-là ; il eut juste le temps de prévenir Madame Clot, toujours à la même place. « Elle est raide folle. Méfiez-vous. Si elle mord quelqu'un au point où ils en sont, ils risquent de l'encourager, et elle de recommencer. »

Thierry, qui avait fait plusieurs sorties, quitta une fois pour toutes la maison des Le Murier. Il ne reviendrait pas pour le souper, il regarderait peut-être le feu d'artifice de son jardin, mais ce soir il n'y aurait pas d'étoiles, la nuit serait profonde.

La fête dura fort tard. Les Dorival étaient contents. Ils avaient retrouvé des amis qu'ils ne voyaient plus depuis qu'ils avaient chacun une maison de campagne. Ils s'expliquaient : « On est tellement heureux à Montfort que l'on ne raterait pas un dimanche pour un empire ; mais venez nous voir, nous sommes merveilleusement installés. » Éliane déclina l'invitation. C'était à celle qui n'irait pas chez l'autre.

Ces dernières mondanités excédèrent Madame Clot qui retourna joyeusement s'enfermer chez elle pour écouter Mozart ou écrire une lettre.

De Vrie ne soupa point. Blanche l'attendait au presbytère, où elle avait préparé un repas. Blanche, la servante du curé, était protestante. De Vrie n'avait pas encore réussi à la convertir. Elle était orpheline, et quand De Vrie essayait de la convaincre, elle s'écriait : « Ah, il ne faut pas me parler du bon Dieu ! après ce qu'il m'a fait... Je n'ai ni père ni mère. Catholique ou pas catholique, ça ne changera pas grand-chose ! »

On ne voyait jamais Blanche. Elle allait faire ses courses le matin de très bonne heure et ne parlait pas. Le soir, elle s'occupait en silence du cimetière. Pendant la journée, elle restait au presbytère à feuilleter des journaux de mode, vivant à l'intérieur ce que son maître voyait à l'extérieur. Pour la circonstance, Blanche s'était imaginé une très haute toque qu'elle avait posée de côté sur sa petite tête penchée. C'était, du reste, d'une très grande élégance. La coquetterie de Blanche amusait Monsieur le curé. Mis à part le mardi de Madame Jocelyne, sa servante était son unique distraction. Le mardi, c'était bien évidemment le jour de congé de Blanche. Elle passait sa journée à regretter on ne sait quoi, soit au cimetière, soit dans la forêt de Barbeau, derrière le passage à niveau.

De Vrie raconta, mima, le mariage à Blanche qui ne pouvait retenir des hurlements de rire. De Vrie prépara avec Blanche son sermon pour le lendemain, regrettant que le lundi il n'y eût vraisemblablement qu'un enfant de chœur pour l'écouter. Toujours le même : le petit Largillier, sourd d'une oreille.

Thierry, dans un demi-sommeil, entendit rentrer ses parents. Ils étaient dans le salon avec Charles-Félix qui prenait avec eux le dernier verre de ce soir mémorable. Ils firent tant de bruit que Thierry, totalement réveillé, préféra descendre en pyjama, et participer à la conversation.

Dorival était de bonne humeur ; on avait remarqué l'élégance de sa femme et sa propre érudition. Charles-Félix avait eu, lui aussi, son moment. Il avait pu parler de ses sujets favoris et avait réussi à caser un couplet sur la guerre de Sécession, deux sur la Commune, et trois sur la chouannerie. Un beau triplé pour un mariage champêtre. Il serait réinvité. Il n'en demandait pas davantage.

Dorival avait des projets. Il était tard. Éliane était trop fatiguée pour l'interrompre. Charles-Félix, grisé par son succès de l'après-midi, abondait dans son sens. « Je vais garder Héricy, bien que ça me coûte de l'argent, mais je vais vendre mon action de chasse. C'est trop dommage de ne pas profiter de cette maison. Je partirai de Paris le vendredi soir, et resterai ici jusqu'au lundi matin. Les enfants nous rejoindront par le train. En hiver, comme il fait froid, nous irons carrément plus loin, au bord de la mer. Je suis arrivé à un âge où il faut s'organiser. »

Éliane acquiesça. Elle imaginait déjà des chambres d'hôtel confortables, de nouveaux paysages. Elle se sentait soulagée à l'idée de ne plus ouvrir quatre fois par mois — parfois cinq —, qu'il vente, qu'il pleuve ou qu'il neige, cette maison, qui lui donnait, selon son expression, « un travail de Romain et une bile d'enfer ». Elle n'attendrait plus ces retours de la chasse après quoi son mari, épuisé, exigeait que l'on fût à ses pieds. Il abandonnait les bois comme il avait abandonné la pêche. D'un seul coup. Éliane aurait un peu de répit. Elle souriait, cela lui donnait du courage. Elle savait que son mari aurait une nouvelle marotte, mais en attendant elle avait la paix.

Thierry ne prit que le parti de se taire. Il jugeait fort sages ces résolutions, qui l'étonnaient un peu. Mais il se rendit compte que son père avait vieilli et qu'il n'agissait pas ici comme un bon bourgeois tranquille, mais comme un homme fatigué. Cela lui fit de la peine : au moment où sa vie commençait, celle de son père s'acheminait vers sa fin. Cette constatation, d'une triste banalité, l'effrayait. Il ne pouvait pas revenir en arrière, rejouer, revivre. Le bon temps venait de passer. Il se ferait de plus en plus rare, ils n'en avaient pas profité. Dorival avait tenu à se faire respecter. Éliane avait tenté de réconcilier son mari avec tous ceux qu'il heurtait. Thierry s'était défendu. Chacun de leur côté avait mené un combat, ce n'était pas le même, le mal était pareil : ils avaient perdu leur temps.

Charles-Félix, plus serein, avait accepté une vie d'échecs. Il n'était pas déçu, il n'avait rien espéré. Il cherchait dans les livres, l'histoire, la culture, une raison divine. C'était un passe-temps.

Thierry remonta dans sa chambre. Il ne se réveilla pas pour le départ de ses parents. Charles-Félix vint le trouver après le déjeuner. Le château appartenait à la municipalité, qui en ferait la mairie. C'était décidé. Klopeck faisait démolir le mur qui séparait son jardin de la parcelle de parc qu'il avait achetée. Un triste lendemain de fête.

Christine Le Murier était partie en voyage de noces. Elle ne reviendrait plus beaucoup à Héricy, son mari possédait une résidence secondaire, dans la vallée de Chevreuse. A l'opposé, pour une autre vie.

Le parc, ce qu'il restait de ce merveilleux paysage, devenait un jardin public. Une pépinière pour enfants turbulents, ou même pas. Des nurses hagardes, des parents stupides. Des drôles de vieilles viendraient se mêler à ces fleurs rarissimes qu'elles cueilleraient sans savoir. Elles finiraient leurs vies à l'endroit même où Thierry avait fait l'amour avec Marguerite.

Thierry les voyait venir, les vieilles. L'une avec son transat qu'elle porterait difficilement, l'autre avec son parasol qu'elle planterait péniblement dans la terre à côté de son banc favori, la troisième viendrait avec une cousine. Elles marcheraient. Ronchonneraient. Racleraient le sol de leurs cannes. Elles allaient mourir sans épargner cet univers superbe de vie, d'amour : le paradis de Marguerite Solto.

Charles-Félix, dégoûté, s'en irait. On l'attendait chez Guimard. Il ne ferait pas de prouesses dans les bonbons acidulés. Ce n'était pas la peine. Il méditerait sur l'ingratitude, sur l'insouciance des Solto qui, en ne faisant pas de testament, ne lui avait rien laissé. Il reverrait Mademoiselle Le Murier, les Dorival, Pélissier, et peut-être même Thierry. Mais à Paris. Car pour lui, Héricy s'achevait là. Il garderait le souvenir de ce petit village comme on se souvient d'une maîtresse. Dans un coin de sa mémoire survivraient pour toujours la petite gare toute jaune, la Rue-Grande dans la brume, les barrages, l'église, quelques personnages, et peut-être même d'autres histoires.

Héricy, en aval de Fontaine-le-Port, où Sisley peignait, Héricy, en amont de Valvins où Mallarmé versifiait, de Champagne où écrivait Alphonse Allais, de Saint-Mammés où Pissaro vivait, Héricy, pas très loin de Barbizon, à deux pas de Fontainebleau, Héricy perdait en Charles-Félix l'occasion de devenir célèbre. Il en avait écrit l'histoire secrète, elle ne paraîtrait nulle part, elle disparaissait avec lui.

Thierry regretta le départ de Charles-Félix. Madame Clot le reçut. Lui parla. Tenta de lui rendre le goût de cette campagne qu'il avait tant aimée. Elle ne pouvait rien pour lui. Thierry en avait assez. « Il aurait fallu vivre à Héricy, il y a trente ans », expliquait Pélissier. C'était vrai. Les maisons allaient être affublées d'un numéro, les rues de panneaux de sens interdits, de défense de stationner. Rien n'aurait plus aucun charme. On parlait même de rehausser les berges de la Seine, de les niveler, de les cimenter, de supprimer le barrage, même l'écluse de Samois y passerait. Thierry ne pouvait s'y résoudre. Lui aussi partirait. Il chercherait à Paris sa voie, sa vie. Le temps des vacances n'a que peu de mesure.

Pélissier n'était pas touché par toutes ces transformations. Pour lui, la vie était pareille. Le train, la place du Marché, le jardin de Marie-Thérèse et son salon. Une maison qui avait sa propre histoire. Marie-Thérèse la laissait respirer. Elle recevrait toujours Pélissier, il y avait entre eux une indicible amitié. Maintenant, Pélissier était reçu chez les Le Murier. Albert était devenu plus libéral. Les Klopeck saluaient de loin les Dorival qui ne se préoccupaient que de leur intérieur. Dorival pensait s'installer définitivement à Héricy. Il vendrait son appartement de Paris, il achèterait plus loin, peut-être au bord de la mer, une autre résidence secondaire.

Madame Clot, pareille à elle-même, ne changea rien

à son mode de vie. Elle écoutait Mozart. De Vrie, muté, avait été remplacé par un gros prêtre qui ne disait la messe à Héricy qu'un dimanche sur trois. Les Parisiens allaient maintenant à Fontainebleau. La grand-messe était rapide. En sortant de l'église tout le monde y rencontrait tout le monde. Après la tasse de thé et les gâteaux pris chez Richemont, le pâtissier, on pouvait faire son marché tout à côté. Une vie pratique.

Les commerçants de la rue Émile-Berthereau savaient que pendant la semaine ils récupéraient leurs clients. L'épicier travaillait si bien qu'il s'était fait construire une maison derrière le passage à niveau. Madame Largillier regrettait Charles-Félix : « Lui, il avait le temps de nous parler. » « Pour faire mode », Madame Lepeu a transformé son bazar et perdu tous ses clients. Les lumières sont trop violentes, les articles trop chers, elle ne vend plus rien. Le pâtissier-chef d'orchestre a renoncé à la fanfare. Trop de travail. Madame Lebesnerais a pris la relève. Personne ne s'en plaint.

Ainsi la vie n'est plus la même à Héricy. Ceux qui n'ont pu le supporter sont partis. Les autres se sont acclimatés. Ils font toujours des cercles, des milieux. Ils se fréquentent ou s'ignorent. Mais ils sont là. Quelques résidents secondaires ont fait de leur maison leur principale résidence, et le soir on se voit. On joue aux cartes. On se raconte Héricy. On se dit la vie.

Pour Pélissier, Héricy n'a pas changé. Comme toujours il vient le samedi matin passer le dimanche à Héricy. Lui, il s'y sent bien.

DU MÊME AUTEUR

LES RÉSIDENCES SECONDAIRES, *roman* (Grasset).

LE PASSÉ COMPOSÉ, *roman* (Grasset).

LA TÊTE LA PREMIÈRE, *roman* (Grasset).

HÔTEL DU LAC, *théâtre* (Gallimard).

NOUS NE CONNAISSONS PAS LA MÊME PERSONNE, *théâtre* (Gallimard).

BALTHAZAR, FILS DE FAMILLE, *roman* (Gallimard).

SUR UN AIR DE FÊTE, *roman* (Gallimard).

PHOTOGRAPHIES, *album iconographique* (Denoël).

COLLECTION FOLIO

Dernières parutions

2155.	Eugène Dabit	*L'Hôtel du Nord.*
2156.	François Jacob	*La statue intérieure.*
2157.	Michel Déon	*Je ne veux jamais l'oublier.*
2158.	Remo Forlani	*Tous les chats ne sont pas en peluche.*
2159.	Paula Jacques	*L'héritage de tante Carlotta.*
2161.	Marguerite Yourcenar	*Quoi ? L'Éternité (Le labyrinthe du monde, III).*
2162.	Claudio Magris	*Danube.*
2163.	Richard Matheson	*Les seins de glace.*
2164.	Emilio Tadini	*La longue nuit.*
2165.	Saint-Simon	*Mémoires.*
2166.	François Blanchot	*Le chevalier sur le fleuve.*
2167.	Didier Daeninckx	*La mort n'oublie personne.*
2168.	Florence Delay	*Riche et légère.*
2169.	Philippe Labro	*Un été dans l'Ouest.*
2170.	Pascal Lainé	*Les petites égarées.*
2171.	Eugène Nicole	*L'Œuvre des mers.*
2172.	Maurice Rheims	*Les greniers de Sienne.*
2173.	Herta Müller	*L'homme est un grand faisan sur terre.*
2174.	Henry Fielding	*Histoire de Tom Jones, enfant trouvé, I.*
2175.	Henry Fielding	*Histoire de Tom Jones, enfant trouvé, II.*
2176.	Jim Thompson	*Cent mètres de silence.*
2177.	John Le Carré	*Chandelles noires.*
2178.	John Le Carré	*L'appel du mort.*

2179. J. G. Ballard	*Empire du Soleil.*
2180. Boileau-Narcejac	*Le contrat.*
2181. Christiane Baroche	*L'hiver de beauté.*
2182. René Depestre	*Hadriana dans tous mes rêves.*
2183. Pierrette Fleutiaux	*Métamorphoses de la reine.*
2184. William Faulkner	*L'invaincu.*
2185. Alexandre Jardin	*Le Zèbre.*
2186. Pascal Lainé	*Monsieur, vous oubliez votre cadavre.*
2187. Malcolm Lowry	*En route vers l'île de Gabriola.*
2188. Aldo Palazzeschi	*Les sœurs Materassi.*
2189. Walter S. Tevis	*L'arnaqueur.*
2190. Pierre Louÿs	*La Femme et le Pantin.*
2191. Kafka	*Un artiste de la faim* et autres récits (Tous les textes parus du vivant de Kafka, II).
2192. Jacques Almira	*Le voyage à Naucratis.*
2193. René Fallet	*Un idiot à Paris.*
2194. Ismaïl Kadaré	*Le pont aux trois arches.*
2195. Philippe Le Guillou	*Le dieu noir (Chronique romanesque du pontificat de Miltiade II pape du XXIe siècle).*
2196. Michel Mohrt	*La maison du père* suivi de *Vers l'Ouest (Souvenirs de jeunesse).*
2197. Georges Perec	*Un homme qui dort.*
2198. Guy Rachet	*Le roi David.*
2199. Don Tracy	*Neiges d'antan.*
2200. Sempé	*Monsieur Lambert.*
2201. Philippe Sollers	*Les Folies Françaises.*
2202. Maurice Barrès	*Un jardin sur l'Oronte.*
2203. Marcel Proust	*Le Temps retrouvé.*
2204. Joseph Bialot	*Le salon du prêt-à-saigner.*
2205. Daniel Boulanger	*L'enfant de bohème.*
2206. Noëlle Châtelet	*A contre-sens.*
2207. Witold Gombrowicz	*Trans-Atlantique.*
2208. Witold Gombrowicz	*Bakakaï.*
2209. Eugène Ionesco	*Victimes du devoir.*
2210. Pierre Magnan	*Le tombeau d'Hélios.*

2211. Pascal Quignard — *Carus.*
2212. Gilbert Sinoué — *Avicenne ou La route d'Ispahan.*
2213. Henri Vincenot — *Le Livre de raison de Glaude Bourguignon.*
2214. Émile Zola — *La Conquête de Plassans.*
2216. Térence — *Théâtre complet.*
2217. Vladimir Nabokov — *La défense Loujine.*
2218. Sylvia Townsend Warner — *Laura Willowes.*
2219. Karen Blixen — *Les voies de la vengeance.*
2220. Alain Bosquet — *Lettre à mon père qui aurait eu cent ans.*
2221. Gisèle Halimi — *Le lait de l'oranger.*
2222. Jean Giono — *La chasse au bonheur.*
2223. Pierre Magnan — *Le commissaire dans la truffière.*
2224. A.D.G. — *La nuit des grands chiens malades.*
2226. Albert Camus — *Lettres à un ami allemand.*
2227. Ann Quin — *Berg.*
2228. Claude Gutman — *La folle rumeur de Smyrne.*
2229. Roger Vrigny — *Le bonhomme d'Ampère.*
2230. Marguerite Yourcenar — *Anna, soror...*
2231. Yukio Mishima — *Chevaux échappés (La mer de la fertilité, II).*
2232. Jorge Amado — *Les chemins de la faim.*
2233. Boileau-Narcejac — *J'ai été un fantôme.*
2234. Dashiell Hammett — *La clé de verre.*
2235. André Gide — *Corydon.*
2236. Frédéric H. Fajardie — *Une charrette pleine d'étoiles.*
2237. Ismaïl Kadaré — *Le dossier H.*
2238. Ingmar Bergman — *Laterna magica.*
2239. Gérard Delteil — *N'oubliez pas l'artiste !*
2240. John Updike — *Les sorcières d'Eastwick.*
2241. Catherine Hermary-Vieille — *Le Jardin des Henderson.*
2242. Junichirô Tanizaki — *Un amour insensé.*
2243. Catherine Rihoit — *Retour à Cythère.*

2244. Michel Chaillou — *Jonathamour.*
2245. Pierrette Fleutiaux — *Histoire de la chauve-souris.*
2246. Jean de La Fontaine — *Fables.*
2247. Pierrette Fleutiaux — *Histoire du tableau.*
2248. Sylvie Germain — *Opéra muet.*
2249. Michael Ondaatje — *La peau d'un lion.*
2250. J.-P. Manchette — *Le petit bleu de la côte Ouest.*
2251. Maurice Denuzière — *L'amour flou.*
2252. Vladimir Nabokov — *Feu pâle.*
2253. Patrick Modiano — *Vestiaire de l'enfance.*
2254. Ghislaine Dunant — *L'impudeur.*
2255. Christa Wolf — *Trame d'enfance.*
2256. *** — *Les Mille et une Nuits,* tome I.
2257. *** — *Les Mille et une Nuits,* tome II.
2258. Leslie Kaplan — *Le pont de Brooklyn.*
2259. Richard Jorif — *Le burelain.*
2260. Thierry Vila — *La procession des pierres.*
2261. Ernst Weiss — *Le témoin oculaire.*
2262. John Le Carré — *La Maison Russie.*
2263. Boris Schreiber — *Le lait de la nuit.*
2264. J. M. G. Le Clézio — *Printemps et autres saisons.*
2265. Michel del Castillo — *Mort d'un poète.*
2266. David Goodis — *Cauchemar.*
2267. Anatole France — *Le Crime de Sylvestre Bonnard.*
2268. Plantu — *Les cours du caoutchouc sont trop élastiques.*
2269. Plantu — *Ça manque de femmes !*
2270. Plantu — *Ouverture en bémol.*
2271. Plantu — *Pas nette, la planète !*
2272. Plantu — *Wolfgang, tu feras informatique !*
2273. Plantu — *Des fourmis dans les jambes.*
2274. Félicien Marceau — *Un oiseau dans le ciel.*
2275. Sempé — *Vaguement compétitif.*
2276. Thomas Bernhard — *Maîtres anciens.*
2277. Patrick Chamoiseau — *Solibo Magnifique.*
2278. Guy de Maupassant — *Toine.*
2279. Philippe Sollers — *Le lys d'or.*

2280. Jean Diwo — *Le génie de la Bastille (Les Dames du Faubourg, III).*
2281. Ray Bradbury — *La solitude est un cercueil de verre.*
2282. Remo Forlani — *Gouttière.*
2283. Jean-Noël Schifano — *Les rendez-vous de Fausta.*
2284. Tommaso Landolfi — *La bière du pecheur.*
2285. Gogol — *Taras Boulba.*
2286. Roger Grenier — *Albert Camus soleil et ombre.*
2287. Myriam Anissimov — *La soie et les cendres.*
2288. François Weyergans — *Je suis écrivain.*
2289. Raymond Chandler — *Charades pour écroulés.*
2290. Michel Tournier — *Le médianoche amoureux.*
2291. C.G. Jung — *“ Ma vie ” (Souvenirs, rêves et pensées).*
2292. Anne Wiazemsky — *Mon beau navire.*
2293. Philip Roth — *La contrevie.*
2294. Rilke — *Les Carnets de Malte Laurids Brigge.*
2295. Vladimir Nabokov — *La méprise.*
2296. Vladimir Nabokov — *Autres rivages.*
2297. Bertrand Poirot-Delpech — *Le golfe de Gascogne.*
2298. Cami — *Drames de la vie courante.*
2299. Georges Darien — *Gottlieb Krumm (Made in England).*
2300. William Faulkner — *Treize histoires.*
2301. Pascal Quignard — *Les escaliers de Chambord.*
2302. Nathalie Sarraute — *Tu ne t'aimes pas.*
2303. Pietro Citati — *Kafka.*
2304. Jean d'Ormesson — *Garçon, de quoi écrire.*
2305. Michel Déon — *Louis XIV par lui-même.*
2306. James Hadley Chase — *Le fin mot de l'histoire.*
2307. Zoé Oldenbourg — *Le procès du rêve.*
2308. Plaute — *Théâtre complet, I.*
2309. Plaute — *Théâtre complet, II.*
2310. Mehdi Charef — *Le harki de Meriem.*
2311. Naguib Mahfouz — *Dérives sur le Nil.*
2312. Nijinsky — *Journal.*
2313. Jorge Amado — *Les terres du bout du monde.*

2314.	Jorge Amado	*Suor.*
2315.	Hector Bianciotti	*Seules les larmes seront comptées.*
2316.	Sylvie Germain	*Jours de colère.*
2317.	Pierre Magnan	*L'amant du poivre d'âne.*
2318.	Jim Thompson	*Un chouette petit lot.*
2319.	Pierre Bourgeade	*L'empire des livres.*
2320.	Émile Zola	*La Faute de l'abbé Mouret.*
2321.	Serge Gainsbourg	*Mon propre rôle, 1.*
2322.	Serge Gainsbourg	*Mon propre rôle, 2.*
2323.	Thomas Bernhard	*Le neveu de Wittgenstein.*
2324.	Daniel Boulanger	*Mes coquins.*
2325.	Albert Camus	*La mort heureuse.*
2326.	Didier Daeninckx	*Le facteur fatal.*
2327.	Jean Delay	*Avant Mémoire I.*
2328.	Romain Gary	*Adieu Gary Cooper.*
2329.	Alfred de Vigny	*Servitude et grandeur militaires.*
2330.	Patrick Modiano	*Voyage de noces.*
2331.	Pierre Moinot	*Armes et bagages.*
2332.	J.-B. Pontalis	*Loin.*
2333.	John Steinbeck	*La coupe d'or.*
2334.	Gisèle Halimi	*La cause des femmes.*
2335.	Khalil Gibran	*Le Prophète.*
2336.	Boileau-Narcejac	*Le bonsaï.*
2337.	Frédéric H. Fajardie	*Un homme en harmonie.*
2338.	Michel Mohrt	*Le télésiège.*
2339.	Vladimir Nabokov	*Pnine.*
2340.	Vladimir Nabokov	*Le don.*
2341.	Carlos Onetti	*Les bas-fonds du rêve.*
2342.	Daniel Pennac	*La petite marchande de prose.*
2343.	Guy Rachet	*Le soleil de la Perse.*
2344.	George Steiner	*Anno Domini.*
2345.	Mario Vargas Llosa	*L'homme qui parle.*
2347.	Voltaire	*Zadig et autres contes.*
2348.	Régis Debray	*Les masques.*
2349.	Diane Johnson	*Dashiell Hammett : une vie.*
2350.	Yachar Kemal	*Tourterelle, ma tourterelle.*
2351.	Julia Kristeva	*Les Samouraïs.*

2352. Pierre Magnan — *Le mystère de Séraphin Monge.*
2353. Mouloud Mammeri — *La colline oubliée.*
2354. Francis Ryck — *Mourir avec moi.*
2355. John Saul — *L'ennemi du bien.*
2356. Jean-Loup Trassard — *Campagnes de Russie.*
2357. Francis Walder — *Saint-Germain ou la négociation.*
2358. Voltaire — *Candide et autres contes.*
2359. Robert Mallet — *Région inhabitée.*
2360. Oscar Wilde — *Le Portrait de Dorian Gray.*
2361. René Frégni — *Les chemins noirs.*
2362. Patrick Besson — *Les petits maux d'amour.*
2363. Henri Bosco — *Antonin.*
2364. Paule Constant — *White spirit.*
2365. Pierre Gamarra — *Cantilène occitane.*
2367. Tony Hillerman — *Le peuple de l'ombre.*
2368. Yukio Mishima — *Le temple de l'aube.*
2369. François Salvaing — *De purs désastres.*
2370. Sempé — *Par avion.*
2371. Jim Thompson — *Éliminatoires.*
2372. John Updike — *Rabbit rattrapé.*
2373. Michel Déon — *Un souvenir.*
2374. Jean Diwo — *Les violons du roi.*
2375. David Goodis — *Tirez sur le pianiste !*
2376. Alexandre Jardin — *Fanfan.*
2377. Joseph Kessel — *Les captifs.*
2378. Gabriel Matzneff — *Mes amours décomposés (Journal 1983-1984).*
2379. Pa Kin — *La pagode de la longévité.*
2380. Robert Walser — *Les enfants Tanner.*
2381. Maurice Zolotow — *Marilyn Monroe.*
2382. Adolfo Bioy Casares — *Dormir au soleil.*
2383. Jeanne Bourin — *Les Pérégrines.*
2384. Jean-Denis Bredin — *Un enfant sage.*
2385. Jerome Charyn — *Kermesse à Manhattan.*
2386. Jean-François Deniau — *La mer est ronde.*
2387. Ernest Hemingway — *L'été dangereux (Chroniques).*
2388. Claude Roy — *La fleur du temps (1983-1987).*

2389. Philippe Labro — *Le petit garçon.*
2390. Iris Murdoch — *La mer, la mer.*
2391. Jacques Brenner — *Daniel ou la double rupture.*
2392. T.E. Lawrence — *Les sept piliers de la sagesse.*
2393. Pierre Loti — *Le Roman d'un spahi.*
2394. Pierre Louÿs — *Aphrodite.*
2395. Karen Blixen — *Lettres d'Afrique, 1914-1931.*
2396. Daniel Boulanger — *Jules Bouc.*
2397. Didier Decoin — *Meurtre à l'anglaise.*
2398. Florence Delay — *Etxemendi.*
2399. Richard Jorif — *Les persistants lilas.*
2400. Naguib Mahfouz — *La chanson des gueux.*
2401. Norman Mailer — *Morceaux de bravoure.*
2402. Marie Nimier — *Anatomie d'un chœur.*
2403. Reiser/Coluche — *Y'en aura pour tout le monde.*
2404. Ovide — *Les Métamorphoses.*
2405. Mario Vargas Llosa — *Éloge de la marâtre.*
2406. Zoé Oldenbourg — *Déguisements.*
2407. Joseph Conrad — *Nostromo.*
2408. Guy de Maupassant — *Sur l'eau.*
2409. Ingmar Bergman — *Scènes de la vie conjugale.*
2410. Italo Calvino — *Leçons américaines (Aide-mémoire pour le prochain millénaire).*
2411. Maryse Condé — *Traversée de la Mangrove.*
2412. Réjean Ducharme — *Dévadé.*
2413. Pierrette Fleutiaux — *Nous sommes éternels.*
2414. Auguste le Breton — *Du rififi chez les hommes.*
2415. Herbert Lottman — *Colette.*
2416. Louis Oury — *Rouget le braconnier.*
2417. Angelo Rinaldi — *La confession dans les collines.*
2418. Marguerite Duras — *L'amour.*
2419. Jean-Jacques Rousseau — *Julie ou la Nouvelle Héloïse, I.*
2420. Jean-Jacques Rousseau — *Julie ou la Nouvelle Héloïse, II.*
2421. Claude Brami — *Parfums des étés perdus.*
2422. Marie Didier — *Contre-visite.*
2423. Louis Guilloux — *Salido* suivi de *O.K., Joe !*
2424. Hervé Jaouen — *Hôpital souterrain.*

2425.	Lanza del Vasto	*Judas.*
2426.	Yukio Mishima	*L'ange en décomposition (La mer de la fertilité,* IV).
2427.	Vladimir Nabokov	*Regarde, regarde les arlequins !*
2428.	Jean-Noël Pancrazi	*Les quartiers d'hiver.*
2429.	François Sureau	*L'infortune.*
2430.	Daniel Boulanger	*Un arbre dans Babylone.*
2431.	Anatole France	*Le Lys rouge.*
2432.	James Joyce	*Portrait de l'artiste en jeune homme.*
2433.	Stendhal	*Vie de Rossini.*
2434.	Albert Cohen	*Carnets 1978.*
2435.	Julio Cortázar	*Cronopes et Fameux.*
2436.	Jean d'Ormesson	*Histoire du Juif errant.*
2437.	Philippe Djian	*Lent dehors.*
2438.	Peter Handke	*Le colporteur.*
2439.	James Joyce	*Dublinois.*
2440.	Nathalie Sarraute	*Pour un oui pour un nom.*
2441.	Jean Tardieu	*La comédie du drame.*
2442.	Don Tracy	*La bête qui sommeille.*
2443.	Bussy-Rabutin	*Histoire amoureuse des Gaules.*

Composition Bussière
et impression S.E.P.C.
à Saint-Amand (Cher), 13 janvier 1993.
Dépôt légal : janvier 1993.
Numéro d'imprimeur : 3262/146.
ISBN 2-07-038585-X. / Imprimé en France.